내

이

름

은

내 이름은

천성호 산문집

잔상

프롤로그,
─ 내 이름의 다음 칸

'내 이름은'이라고 쓸 때마다 나는 늘 다음 칸에서 망설인다. 그 칸에 적힐 말이 아직 정해지지 않았다는 걸 나 스스로 알고 있어서다.

어떤 날엔 내가 선명하고, 어떤 날엔 내가 흐리다. 그 모든 날들을 한데 묶어 "이게 나야"라고 말할 자신은 아직 없다.

그래서 나는 급하게 정답을 고르지 않기로 했다.

오늘의 내가 어제의 나를 다 이해하지 못해도, 그건 이상한 일이 아니니까.

이 페이지를 넘기다 문득, 당신도 어디쯤 멈춰 서게 되면 좋겠다.

단번에 다 읽지 않아도 되고, 한 문장만 붙잡고 있
어도 된다.
지나치던 하루가 잠깐 느려지는 순간이 있다면,
그때의 당신을 당신 쪽으로 조금 더 데려와도 좋
겠다.

아직 이름을 부르지 못한 채로도,
우리는 여기까지 잘 와 있으니까.

목차

3부 무해한 저녁

1부 어스름의 이름

—이름을 다 부르지 못한 시간

1부 어스름의 이름

—이름을 다 부르지 못한 시간

자기소개 부탁합니다

"자기소개 부탁합니다."

그 말을 들을 때마다 말수가 줄어든다. 요즘 읽는 책, 좋아하는 영화나 운동, 일하는 분야, MBTI와 성격의 장단점까지. 나를 몇 개의 문장 안에 넣어야 하는 순간이면 괜히 쑥스럽고 낯간지럽다. 내가 누구인지는, 대개 그런 문장들 바깥에 있을 때가 더 많다.

나는 말로 설명될 때보다, 설명을 멈췄을 때 오히려 또렷해지는 편이다. 좋아하는 음악이 흐를 때면 말이 줄어들고, 나란히 걷는 속도가 자연스러운 사람과는 침묵도 불편하지 않다. 그럴 때는 굳이 나를 소개하지 않아도 된다. 표정이나 시선, 잠깐의 멈춤 같은 것들 속에 이미 내가 남아 있으니까 요즘은 자기 자신에 대해 끊임없이 말해야 하는 시대다. '자소서'에서 시작된 자기소개는 소개팅과 회식, 일상의 대화로 이어진다. 나는 어떤 사람인지, 무엇을 좋아하는지, 왜 괜찮은 사람인지를 계속 설명해야 한다. 말하지 않으면 모호해지고, 모호한 사람은 쉽게 지나쳐진다.

그렇지만 모두가 그렇게 잊히지는 않는다. 말수가 적어도, 특별한 소개가 없어도, 함께 있던 장면 하나로 기억되는 사람도 있다. 나는 그런 기억을 더 믿는 편이다.

목소리를 높이지 않아도 되는 거리,
표정 사이에 남는 여백,
함께 걷는 속도와 시선의 방향.

나는 그런 조용한 장면들 안에서 가장 온전한 나였다.

내 목소리를 찾아서

"직장 생활을 하며 딱딱한 보고서 같은 글만 쓰다 보니, 막상 내 이야기를 어떻게 써야 할지 이젠 모르겠어요. 올해는 내 목소리를 조금 더 솔직하게 꺼내 보고 싶어서 이 글쓰기 모임을 신청하게 됐어요."

예전에 글쓰기 모임에서 들었던 말이다. 그땐 그저 고개를 끄덕였을 뿐인데, 시간이 지나자 그 문장이 자꾸 생각났다. 지금에 와서는 내가 왜 계속 글을 쓰고 있는지를 설명해주는 말처럼 느껴진다.

우리는 하루를 기록하면서도, 정작 자신을 기록하는 일에는 서툴다. '주임', '대리', '과장' 같은 이름으로 불리고, 맡은 역할에 맞춰 살아가다 보면 어느 순간 거울 속 얼굴이 낯설어진다. 감정은 보고서 문장처럼 간결해지고, 생각은 점점 무뎌진다. 그러다 문득 '나는 누구였지?'라는 질문이 떠오르지만, 바쁜 하루에 밀려 곧 사라진다.

나는 그럴 때마다 글을 쓴다. 단어를 고르고 문장을 잇는 동안, 사라졌다고 여겼던 목소리가 다시 안쪽에서 움직이기 시작한다. 그렇다고 모든 것이 또렷해지는 건 아니다. 글을 쓰다 보면 오히려 질문이 늘어난다. 내가 무엇을 원하고 있는지, 나라는 사람을 어떤 말로 부를 수 있을지.

글을 쓴다는 건 어쩌면 나를 붙잡아 두기 위한 작은 동작에 가깝다. 흩어진 생각을 한 줄씩 적어가다 보면, 잊고 있던 감각이 다시 모습을 드러내고, 감춰두었던 마음도 조심스럽게 고개를 든다. 무채색 스케치 위로 물감이 번지듯, 나라는 사람의 윤곽은 그렇게 천천히 나타난다.

정체성은 단번에 정의할 수 있는 것이 아니라, 계속해서 불러봐야 하는 이름에 가깝다. 글로 남겨둔

문장들은 세상의 소음 속에서 나를 다시 제자리로
데려온다. 그래서 오늘도 글을 쓴다. 크지 않은 혼잣
말처럼, 나 자신에게서 너무 멀어지지 않기 위해.

'같아요'의 말꼬리표

"맛있는 것 같아요."
"괜찮은 것 같아요."
"해도 될 것 같아요."

언제부턴가 내 말끝에는 자연스럽게 '같아요'가 붙어 있다. 맛있으면 맛있고, 괜찮으면 괜찮은 건데, 나는 한 번 더 말을 흐린다. 아마도 그건 조심스러움 때문일 것이다. 단정 짓지 않기 위해, 혹시 모를 반응을 살피기 위해. '같아요'는 나와 상대 사이에 얇은 완충재를 하나 놓아준다.

그 말 덕분에 분위기는 부드러워진다. 틀려도 괜찮을 것 같고, 생각이 달라도 크게 부딪히지 않을 것 같다. 하지만 가끔은 그 말이 내 마음까지 함께 흐려

놓는다. 분명히 느낀 감정인데도, 말로 꺼내는 순간 한 발 뒤로 물러서 있는 기분이 든다.

어떤 말은, 그 자체로 서 있어야 할 때가 있다.

"맛있어요."
"괜찮아요."
"됩니다."

짧아진 문장만큼 마음도 또렷해진다. 말이 단정해지면, 내가 무엇을 느끼고 있는지도 조금 분명해진다. 물론 여전히 '같아요'를 쓸 때가 많다. 그 말이 주는 안전함을 나는 아직 잘 알고 있으니까.

다만 중요한 순간에는, 내 감정을 믿어보기로 한다. 애매함 뒤에 숨기보다, 한 번쯤은 분명한 언어로서 보기로. 아주 사소한 말끝 하나가, 나를 대하는 태도를 바꿔놓을 수도 있으니까.

자력을 만드는 일

차량의 후방카메라가 갑자기 고장 난 날이었다. 평소 주차할 때는 화면 속 유도선을 따라 차선을 맞추곤 했는데, 그날은 후진 기어를 아무리 넣어도 화면이 켜지지 않았다. 순간 당황했지만, 예전엔 카메라 없는 렌터카도 무리 없이 주차했으니 괜찮을 거라 생각했다. 그런데 예상과 달리 바퀴는 주차선에 어긋나 있었고, 차를 빼고 넣기를 반복하며 진땀을 뺐다. 늘 이용하던 집 앞 주차장이었는데도 이렇게까지 어렵게 느껴진 건 처음이었다.

비슷한 일이 또 있었다. 사무실에서 계산기가 갑자기 먹통이 되어 간단한 전표를 손으로 계산해야 했던 날이었다. 두 자리 덧셈도 버겁게 느껴져 결국 종이에 적어가며 계산을 맞춰야 했다.

그날 이후 나는 '자력(自力)'이라는 단어를 오래 생각했다. 나는 지금, 얼마나 스스로의 힘으로 살아가고 있을까. 편리한 도구들, 익숙한 환경, 당연하게 누리는 것들이 사라져도 나는 여전히 내 힘으로 살아갈 수 있을까.

가만 보면 우리는 일상을 차용한 채 살아간다. 검색창에 의존하고, 자동화된 시스템에 길들여지고, 타인의 의견을 손쉽게 참고한다. 그 덕에 효율적으로 살아가지만, 한편으로는 스스로 해내는 감각이 점점 희미해진다. AI가 급속히 발전하는 시대, 편리함은 우리의 시간을 넓혀주지만 생각의 근육은 조금씩 약해진다. 너무 쉽게 맡기고 의존하다 보면 어느 순간, 원래 내 안에 있던 힘마저 둔해져 버린다.

요즘 나는 자주 그런 생각을 한다. 가까운 사람의 번호조차 화면 속에서 찾아야 하고, 가야 할 길보다 먼저 지도를 켜보는 삶 속에서, 나는 나의 자력을 어떻게 단련하고 있을까. 편리함을 덜어내는 건 불편함이 아니라, 오히려 내 능력을 되찾는 일일지도 모른다.

SNS 창가 자리

가만히 창가에 앉아 밖을 바라볼 때가 있다. 유리창 너머로 사람들이 지나가고, 풍경은 천천히 바뀐다. 그 장면을 보고 있으면 문득, SNS를 들여다보는 일도 이와 닮아 있다는 생각이 든다.

집 안은 고요한데 작은 화면 속에서는 누군가의 하루와 속도가 끊임없이 흘러간다. 스토리와 게시글은 쌓였다가 금세 사라지고, 방금 전까지 마음에 남았던 장면도 곧 다른 장면에 덮인다. 나는 그대로인데 세상만 혼자 앞으로 나아가는 것 같은 순간. 설명하기 어려운 공허함이 그 틈에서 생긴다.

그럼에도 SNS는 내 일상의 빈틈을 조용히 채워주는 공간이기도 하다. 직장에서의 역할이나 사회 속의 이름을 잠시 내려놓고, 조금은 솔직해질 수 있는 자리. 기분이 좋은 날엔 웃음을 남기고, 지친 날엔 가벼운 투정 하나를 흘려보낼 수 있는 곳이다.

누군가의 댓글 한 줄이 생각보다 오래 마음에 남는 날도 있다. 긴 통화나 만남보다, 짧은 메시지 하나가 더 따뜻하게 느껴질 때가 있는 요즘이다. 가볍게 건넸지만 가볍지 않은 온기.

다만 알게 된다. 너무 오래 창밖만 바라보고 있으면, 내가 있어야 할 자리의 풍경이 흐려질 수 있다는 것을. 잠시 화면을 내려두고, 내 앞에 앉은 사람과 밥을 먹고, 지금 이곳의 공기를 다시 느껴보는 일. 그 몇 번의 숨이 삶의 속도를 다시 나에게 맞춰준다.

SNS는 밀어낼 대상이 아니라, 적당한 거리를 두고 바라볼 창가 자리면 충분하다. 화면 너머의 삶보다, 지금 손에 잡히는 하루에 내 감각이 먼저 닿을 수 있도록.

공간보다 공백

혼자이고 싶을 때가 있다. 누군가와 함께 있지 않아도 괜찮은 날, 혹은 함께 있으면 오히려 더 고단해지는 날. 그럴 땐 집이 아닌 바깥의, 나를 전혀 모르는 사람들 틈으로 걸어 나간다.

나는 카페에 자주 간다. 아내와 함께 새로운 공간을 찾아다니기도 하고, 한적한 골목의 작은 카페에 앉아 그곳의 공기를 즐기기도 한다. 하지만 '혼자 있고 싶다'는 마음이 짙은 날에는, 이상하게도 작은 카페가 아니라 큰 카페를 찾게 된다.

작은 카페에는 다정함이 있다. 테이블 사이의 거리도 가깝고, 커피를 건네는 손에도 온기가 담겨 있다. 고맙고 좋은 일이다. 다만 그 호의가 나를 향할 때면, 나는 슬쩍 시선을 피하고 싶어진다. 혹여라도 몇 번 간 카페에서, 직원이 나를 보며 "또 오셨네요?"라고 하는 날엔 내 발걸음은 자연스럽게 다른 곳을 향하게 된다.

그래서 혼자인 날엔 일부러 큰 카페로 간다. 자동문이 열리고 닫히는 곳, 주문을 받아 적는 직원이 내 얼굴을 오래 기억하지 않는 곳. 진동벨을 받고 창가 자리에 앉으면, 나는 철저한 이방인이 된다. 그곳에서는 설명할 것도, 소개할 것도 없다. 이름도 역할도 잠시 내려놓은 채, 그저 한 사람으로 머물 수 있다.

의미를 부여하지 않아도 되는 시간. 마음이 아무 의무 없이 숨을 고를 수 있는 틈. 어쩌면 내가 찾는 건 공간이 아니라 공백인지도 모르겠다. 장소 그 자체가 아니라, 나와 타인 사이에 자연스럽게 생기는 거리. 관계가 시작되지 않는 여백.

그렇게 나는 창가에 앉아 커피를 마시다 자리를 뜬다. 내가 떠난 자리는 곧 아무 일 없었다는 듯 비

워진다. 누구의 기억에도 오래 남지 않는 자리. 그
익명 속에서, 나는 조금 가벼워진다.

　무언가를 증명하지 않아도 괜찮은 오후.
　가끔은 그런 날이, 사람 사이에 있을 때보다 더 사
람다운 시간을 만들어준다.

숫자가 다가 아니야

어릴 땐 친구가 많을수록 덜 외로울 거라 믿었다. 점심시간을 함께 보낼 사람이 많고, 단체 사진 속 내 자리가 비어 있지 않으면 마음이 놓였다. 사람들 틈에 섞여 있다는 사실만으로도 존재가 증명되는 기분이 들었다.

그래서 관계에 애썼다. 공통의 관심사를 맞추고, 불편한 순간에는 적당한 리액션을 골랐다. 마음이 내키지 않아도 '유지하는 것'이 중요하다고 생각했다. 관계는 애쓰는 만큼 쌓인다고 믿었으니까.

하지만 어느 순간부터 그 관계들 사이에서 숨이 막혔다. 겉으로는 웃고 있었지만, 속으로는 같은 말을 되뇌었다.

'아, 그냥 집에 가고 싶다.'

그제야 알게 되었다. 관계의 숫자가 많다고 해서 마음이 채워지는 건 아니라는 걸. 어떤 사람과는 몇 마디만으로도 편안해지고, 어떤 관계는 오래 곁에 있어도 끝내 허기지다. 그럼에도 쉽게 놓지 못한 건, 관계를 놓치면 실패하는 것 같았기 때문이다. 누군 가의 '친구' 자리에서 밀려나는 느낌이 두려웠다.

하지만 기댈수록 힘이 드는 관계라면, 이미 유효 기간이 지난 것인지도 모른다. 인연은 붙든다고 머 무는 게 아니고, 손에 힘을 줄수록 더 멀어지는 사이 도 있다. 가끔은 흘러가도록 두는 것이 가장 자연스 러운 선택이 된다.

그래서 손에 들어간 힘을 조금씩 풀어보았다. 오 랜만에 만나도 어색하지 않은 사람, 말을 덧붙이지 않아도 마음이 닿는 사람만 남겼다. 처음엔 불안했 지만, 남은 관계들은 오히려 더 단단해졌다. 내가 힘 을 빼자, 관계도 제 속도를 되찾았다.

나는 이제 관계의 숫자를 세지 않는다. 대신 그 사이에서 내가 어떤 얼굴로 머무는지를 본다. 모래는 손을 세게 쥐면 흘러내린다. 관계도 그렇다. 여유와 거리, 그 사이에서 오래 남는 인연이 있다. 나는 이제, 애쓰지 않아도 머무는 관계를 소중히 한다.

계절은 먼저 왔고, 마음은 늦게 떠났다

아직 오지 않은 것들이 먼저 도착하는 순간이 있다.

여름으로 향하던 늦봄의 버스 안, 창밖 햇살은 온순한데 에어컨에서는 벌써 눅눅한 냄새가 났다. 그 냄새 하나로, 계절은 눈보다 먼저 몸에 스며들었다.

사랑도 그랬다.

언제부터였는지 분명하지 않고, 이유를 붙이기도 전에 이미 깊어졌다. 괜히 길어지던 대화와 사소한 설렘들이 자연스럽게 사랑이라는 이름을 얻었다.

반면 이별은 늘 뒤에 온다.

장면은 흐려지는데, 공기와 냄새 같은 감각은 오래 남는다. 그래서 사랑이 끝난 뒤에도 마음은 한동안 그 계절에 머문다.

보이는 것보다 먼저 도착한 것들은
언제나 가장 늦게 떠난다.

비워두는 일

사람을 만나는 일에는 어쩌면, 채우는 것보다 비우는 과정이 더 먼저일지도 모른다. 이별 뒤에 바로 누군가를 맞이하는 장면을 볼 때면 그런 생각이 든다. 외로움이 먼저 자리를 잡고, 그 빈자리를 급히 다른 얼굴로 덮어버리는 일. 그 마음이 전혀 이해되지 않는 건 아니지만, 왠지 숨이 가쁜 선택처럼 느껴진다.

헤어짐은 관계 하나가 끝나는 일이 아니라, 마음의 구조가 무너지는 경험에 가깝다. 함께 쓰던 말투와 시간, 기대와 습관들이 한꺼번에 빠져나가고 나면, 마음 안에는 생각보다 큰 공백이 남는다. 그 공백을 견디기 어려워서 우리는 종종 서둘러 다음 사람을 불러들인다. 아직 정리되지 않은 마음 위에, 또 다른 관계를 엎어두면서.

하지만 준비되지 않은 공간에는 누구도 편히 머물 수 없다. 꽉 찬 감정, 미처 비워내지 못한 기억, 아직 정리되지 않은 미련은 새로운 사람에게 자리를 내어주지 못한다. 그 자리에 들어온 사람은 결국 이전 관계의 그림자와 함께 앉게 된다.

그래서 비우는 시간은 미래에 올 다음 사람에 대한 예의에 가깝다. 나 자신에게도, 언젠가 만나게 될 누군가에게도. 혼자 있는 시간을 통과하며 마음을 정리하고, 감정을 가라앉히고, 나의 속도를 다시 찾는 일. 그 과정을 거쳐야만 관계는 비로소 시작될 준비를 갖춘다.

여백은 결국, 누군가를 위한 환대다. 아무것도 채워 넣지 않은 채로 자리를 남겨두는 일. 그 침묵과 공백 속에서 우리는, 다음 사람을 맞이할 수 있는 가장 정직한 상태가 된다.

적당한 이기심이 필요한 순간

아내는 착한 사람이다.

식당에서 음식이 잘못 나와도 "괜찮아요" 하고 웃고, 친구가 갑작스럽게 부탁을 하면 본인의 일정보다 상대를 먼저 고려한다. 몸이 아파도 약속을 지키려하고, 누구에게도 불편한 사람이 되고 싶지 않아 한다. 그런 그녀이기에 당연스레 거절 또한 어려워했다.

"그냥 한 번만 도와주면 되니까."
"거절하면 실망할지도 몰라."

부탁을 거절하면 관계가 틀어질까 봐, 상대가 나를 나쁘게 볼까 봐. 그러다 보니 점점 더 많은 짐이 그녀의 어깨에 쌓여갔다.

나는 가끔 물었다.
"그렇게까지?"
그러면 그녀는 웃으며 말했다.
"그러게. 그런데 이상하게 거절이 어려워."

그날도 그랬다. 오랜만에 쉬기로 한 날, 친구의 연락이 왔다.
"오늘 시간 돼? 잠깐 볼 수 있어?"

아내는 망설였다. 피곤하다고 말할까, 그냥 참고 나갈까. 평소 같으면 당연히 나갔겠지만, 이번엔 다르게 말해보기로 결정했다.

[오늘은 몸이 안 좋아서 힘들 것 같아. 미안해.]

메시지를 보내고도 한참을 휴대폰을 내려놓지 못했다. 그런데 잠시 후, 친구에게서 답장이 왔다.

[아, 괜찮아! 푹 쉬어. 다음에 보자!]

그녀는 잠시 멍하니 있다가, 나지막이 말했다.
"이렇게 말해도 되는 거였네."

그날 아내는 알았을 것이다. 거절한다고 해서 관계가 끝나는 건 아니란 걸. 오히려, 상대가 내 결정을 존중해줄 수도 있다는 것을.

적당한 거절은 곧 나를 지키는 일이다. 모든 요청에 응답하며 상대에게 맞추다 보면 결국 나 자신을 소진시키게 된다. 그리고 그렇게 희생하는 관계는 오래가지 못한다.

거절을 한다고 해서 나쁜 사람이 되는 것은 아니다. 오히려 우리에겐 유연한 거절이 필요하다. 그것은 상대를 밀어내는 일이 아니라, 나를 지키며 함께할 수 있는 적절한 거리로 조정하는 과정이다.

사람들은 때때로 너무 쉽게 부탁하고, 쉽게 기대

한다. 그렇기에 모든 기대를 충족시킬 필요는 없다. 때로는 "아니"라고 말하는 것이 관계를 더 건강하게 만든다. 서로에게 해가 되지 않는 관계의 건전한 유지. 이것은 내가, 나를 지키며 타인과 살아가기 위해 실천하는 덕목 중 하나이다.

　나는 이제 안다. 아니, 아내도 알게 되었을 것이다.
　적당한 이기심이 있어야 오히려 관계도 오래 간다는 것을.
　나를 지키는 일이 결국은, 나와 연결된 사람들까지 지키는 길이 된다는 것을.

쓸모없는 직업은 없다

"사람은 자기에게 쓸모가 있다고 느낄 때 살아있음을 느끼는 것 같아."

평소처럼 흘러가던 저녁, 아내가 문득 그런 말을 했다.

아무렇지 않게 던진 말이었지만, 나는 그 문장을 오래 붙잡고 있었다. 오랫동안 미용 일을 하던 아내는 지금 펫마트에서 일하고 있다. 친구들과 일상을 나누다 보면 자신의 직업을 말하는 순간이 망설여진다고 했다.

"그냥 계산하는 일이잖아."

그 말에는 스스로를 낮추는 버릇 같은 것이 묻어 있었다.

하지만 내가 보는 아내의 일은 조금 다르다. 반려 동물의 사료 앞에서 한참을 고민하는 사람에게 말을 건네고, 낯선 공간에 긴장한 강아지를 조용히 달래며, 자주 오는 손님에게 익숙한 눈인사를 건네는 일. 그건 단순한 계산이 아니라, 분명 누군가의 하루에 작은 보탬이 되는 일이었다.

우리는 종종 자신의 쓸모를 직업의 이름으로 판단한다. 화려한지, 설명하기 쉬운지, 남들 앞에서 꺼내기 좋은지로 나를 가늠한다. 그러다 보면 자연스럽게 비교가 시작되고, 그 비교 안에서 스스로를 작게 만든다. 하지만 정말 중요한 건 그 일이 얼마나 높이 올라가 있느냐가 아니라, 누군가에게 어떤 온도로 닿느냐가 아닐까.

아내는 가끔 말했다.
"내가 추천한 사료가 잘 맞았다고 다시 와서 고맙다고 말해줄 때가 있어. 그럴 때 좀 뭔가 뭉클하고 따뜻해."
그 말에는 말보다 먼저 느껴지는 확신이 담겨 있

었다.

쓸모 있다는 감각은 거창한 성취에서 오는 것이 아니다. 내가 건넨 작은 한마디, 내 손끝의 조용한 정성이 누군가의 하루를 조금 덜 외롭게 만드는 순간, 그때 비로소 조용히 피어나는 감각이다. 그 사실을 알고 나면 일은 높낮이를 잃고 대신 온기라는 결을 갖게 된다.

여느 때와 다름없는 출근길, 서로 다른 자리로 향하는 사람들 틈을 지나며 문득 생각한다. 지금 내가 서 있는 이 자리에서도 누군가에게 닿는 작은 온도가 있을까. 그렇다면, 그걸로 충분할지도 모른다.

조커카드의 역할

플레잉 카드 속 조커는 정해진 규칙이 없다. 게임에 따라 가장 쓸모 있는 카드가 되기도 하고, 아무 일도 하지 않은 채 손에 남아 있기도 한다. 그 애매한 위치 때문에 가끔은 잉여카드가 되기도 하지만, 한 가지는 분명하다. 조커는 늘 판이 막힐 때 등장한다는 점이다. 숫자 카드들이 이미 제자리를 차지하고, 에이스가 더는 힘을 쓰지 못할 때, 조커는 다른 카드의 얼굴을 빌려 판을 다시 움직이게 만든다. 자신의 이름 대신 상황의 이름으로 불리며, 그때그때 필요한 자리에 놓인다.

아마 당신도 그런 순간을 겪어봤을 것이다. 뚜렷하게 잘하는 것이 없는 사람처럼 느껴질 때. 한두 가지는 할 줄 알지만, 그걸로 자신을 설명하기엔 늘 모자라다고 생각될 때. 그래서 칭찬 앞에서는 괜히 머쓱해지고, 재능이 또렷한 사람 앞에서는 말수가 줄어드는 순간들.

어쩌면 당신은 에이스처럼 판을 장악하는 사람은 아닐지 모른다. 숫자 카드처럼 분명한 자리를 가진 사람도 아닐 수 있다. 대신 당신은 상황에 따라 다른 얼굴로 불릴 수 있는 사람이다. 누군가 비워둔 자리를 메우고, 예상치 못한 순간에 흐름이 끊기지 않도록 이어주는 쪽에 가깝다. 하나의 능력으로는 설명되지 않지만, 그래서 더 많은 자리에 놓일 수 있다.

조커는 늘 마지막까지 손에 남는다. 쓸모없어서가 아니라, 아직 쓰일 차례가 오지 않았기 때문이다. 그러니 지금의 애매함을 한계로 단정할 필요는 없다. 그것은 부족함이 아니라, 아직 이름이 불리지 않은 상태에 가깝다.

어쩌면 당신은 하나의 능력으로 요약되지 않는 사람일지도 모른다. 그래서 더 많은 상황을 건너갈 수 있고, 그래서 더 오래 판 위에 남는다. 게임이 끝날 때까지, 조커처럼.

있고, 그래서 더 오래 판 위에 남는다. 게임이 끝날 때까지, 조커처럼.

나는 얼마나 투명한 사람일까

약속에 늦어 택시에 올랐다. 창밖을 바라보는데, 햇살이 차창을 스치자 처음엔 보이지 않던 얼룩과 먼지가 선명하게 드러났다. 멀리서 볼 때는 깨끗해 보였는데, 빛이 들어오자 숨겨져 있던 흔적들이 하나둘 모습을 드러냈다.

살다 보면 유난히 맑아 보이는 사람을 만난다. 말투도, 표정도, 분위기마저 투명한 사람. 그런 사람 앞에 서면 괜히 나 자신을 돌아보게 된다. 나는 얼마나 투명한 사람일까. 혹시 내 마음 어딘가에도 보이지 않던 얼룩이 쌓여 있는 건 아닐까. 누군가의 선명함 앞에서, 나의 흐릿한 부분이 더 또렷해지는 순간이 있다.

약속을 마치고 돌아오는 길, 택시 정류장에서 기사님들이 먼지털이개로 차창을 닦고 있었다. 하루를 달린 유리 위에는 어김없이 흔적이 남았을 테고, 그들은 말없이 그 자국들을 닦아내고 있었다. 그 장면이 어쩐지, 하루를 버텨낸 뒤 마음을 정리하려 애쓰는 내 모습과 겹쳐 보였다.

삶에도 눈에 보이지 않는 먼지가 있다. 하루를 살아내며 묻어나는 감정과 기억들, 타인의 시선과 스스로에게 남기는 흔적들. 그것들이 쌓이면, 어느 순간 나 자신이 흐릿해졌다는 걸 뒤늦게 알아차리게 된다.

물론 완전히 투명한 사람은 없을 것이다. 다만 가끔은 스스로를 들여다보고, 닦아내는 시간이 필요하다. 차창을 닦듯 마음을 정리하고, 흐려진 결을 다시 고르는 일. 그 반복 속에서 우리는 조금씩, 어제보다 선명한 나에 가까워진다.

여행에서 만난 얼굴

여행 사진을 정리하다 한 가지 사실을 알게 됐다.
여행지의 풍경 사진만큼이나 내 얼굴 사진이 많다
는 점.

여행지마다 나는 각기 다른 배경 앞에 서 있었지
만, 정작 내가 보았던 건 그곳이 아니라 그곳에 서
있는 나였던 건지도 모른다.

잘 지낸다는 얼굴,
조금 지친 얼굴,
어딘가 비어 있는 얼굴까지.
같은 여행기간에도 내 표정은 매번 달랐다.

낯선 도시에서 내가 가장 많이 찍은 건, 결국 내

표정이었다.

　매번 같은 얼굴인 줄 알았는데, 생각보다 그 종류
가 많았다.

무명이지만 글을 씁니다

오랜만에 연락이 닿은 친구가 말했다.

"너 예전에 올린 글 있잖아. 그 말이 진짜 위로가 됐어."

나는 그 글을 언제 썼는지조차 가물가물했는데, 그는 정확히 문장을 기억하고 있었다. 잠깐 스쳐 지나간 줄 알았던 문장이 누군가에게 오래 머물렀다는 사실이 신기하기만 했다.

몇 권의 책을 냈지만 나는 여전히 무명이다. 내 책들은 대부분 절판되었고, 서점에서 쉽게 발견되지 않는다. 내 이름이 화제가 된 적도 없다. 그래서 가끔 이런 생각을 한다. 이 일을 계속 붙들고 있는 게 맞는지, 읽히지 않는 글을 쓰는 건 공중으로 흩어지는 숨 같은 건 아닐지.

새벽까지 원고를 붙들다 커튼 사이로 빛이 스며드는 순간이면, 마음 한쪽이 비어지는 날도 있었다. 요즘의 에세이 시장은 '무엇을 말하는가'보다 '누가 말하는가'에 더 빠르게 반응한다. 어떤 문장은 이름 덕분에 퍼지고, 어떤 글은 소리없이 지나간다. 나는 늘 그 바깥에 서 있는 쪽이었다.

출판사에서 받았던 답도 비슷했다.
"매력도가 부족합니다."

정중했지만 단정한 말. 글이 나쁘다는 뜻은 아니라 했지만, 출판이 글만으로 이루어지지 않는다는 사실은 오래 남았다. 그래도 나는 글을 멈추지 않았다.

내 문장은 빠르게 번지지 않는다. 대신 조용히 내려앉는다. 한 사람의 마음속에 오래 머무는 쪽에 가깝다. 모든 글이 울릴 필요는 없다고 믿는다. 어떤 문장은 소리 없이 스며들어, 보이지 않는 자리에서 작은 온도로 남는다.

　어쩌면 내가 쓴 한 줄이, 누군가의 스산한 밤을 고요히 지켜줄지도 모른다.

나는 잘 안될 수도 있는 사람이다

세상은 늘 잘될 거라는 말을 좋아한다.

그래서 우리는 불안을 느낄 때마다, 스스로에게 그 말을 먼저 건넨다.

"나는 잘 될 거야."

"괜찮아, 결국엔 잘 풀릴 거야."

그 말들이 결코 틀린 건 아니다. 믿음이 있어야 다시 일어설 수 있고, 기대가 있어야 하루를 견딜 수 있으니까. 나 역시 그런 말들 덕분에 여기까지 왔다.

그런데 어느 순간부터는, 그 문장들이 조금 버겁기도 했다. 잘될 거라고 말해야만 버틸 수 있는 상태가 반복되면서, 잘되지 않을 가능성은 아예 말할 수 없는 쪽으로 밀려났다. 불안해하는 나 자신을, 억지로 외면하며 다그치고 있는 기분이었다.

그래서 나는 가끔 이렇게도 생각한다.
'나는 잘 안될 수도 있는 사람'이라고.
애쓴다고 해서 늘 원하는 결과가 나오는 건 아니고,
최선을 다해도 빗나가는 날이 있다는 걸 인정해보
는 일.

이 말은 체념의 말이 아니다. 오히려 숨을 고르는
방식에 가깝다.
잘 안될 수도 있다고 생각하면, 잘되지 않는 순간
에도 나를 너무 몰아붙이지 않게 된다.
스스로를 실패자로 단정하지 않고, 조금 더 오래
버틸 수 있게 된다.

잘될 거라는 믿음이 앞으로 나아가게 만든다면,
잘 안될 수도 있다는 생각은 넘어졌을 때의 나를
보호한다.
요즘의 나는 그 사이 어딘가에 머문다.
기대도 하고, 대비도 하면서. 괜찮아질 수 있다는

가능성을 품되,

　그렇지 않은 날의 나도 함부로 버리지 않으면서.

　나는 잘 안될 수도 있는 사람이다.

　그래서 잘되는 순간을 더 조심스럽게 맞이하고,

　잘되지 않는 날에도 나 자신을 쉽게 포기하지 않

게 된다.

　지금의 나는, 그 정도의 솔직함으로 살아가는 중

이다.

불안을 베어 먹습니다

불안은 한꺼번에 없애려 들수록 도리어 막막해진다. 그럴수록 마음은 더 깊은 수렁으로 빠져든다.

베스트셀러 작가를 꿈꾸며 회사를 나왔지만 현실은 생각보다 냉정했다. 출판계의 벽 앞에서 좌절했고, 다시 회사로 돌아가야 했다. 그 후로도 오랫동안 패배감 속에서 방향을 잃고 헤맸다. 복권이나 주식 같은 단기적 기대에 매달렸던 시절도 있었다. 조바심이 커질수록 의존은 깊어졌고, 그만큼 내 주변 사람들과 나 자신을 돌보는 마음은 줄어들었다.

불안은 바다처럼 넘실댄다. 어느 날은 잔잔하다가도 예상치 못한 순간 거센 파도로 밀려와 나를 덮친다. 작은 파문이었던 걱정이 점점 커지고, 그 끝을 알 수 없는 깊이로 나를 끌고 가는 듯한 기분. 그럴 때면 나는 과거의 실패를 떠올리고, 아직 오지 않은 미래를 먼저 걱정하곤 했다.

불안을 없애주는 약이 있다면 그 약을 삼켜 몸속 깊이 흡수시키고 싶다. 하지만 현실의 불안은 떨쳐 내려 할수록 더 단단히 달라붙는다. 그래서 나는 이제 불안을 없애려 하지 않는다. 그저 조금씩, 베어 먹어볼 뿐이다.

하루의 아침을 조금 더 일찍 시작하는 일, 하기 싫어 미뤄둔 일을 하나씩 해내는 것, 소기의 목표를 세워 실행하는 것. 그런 작은 실행들이 내 안의 면역을 만든다. 사과 한 입 베어 먹듯 불안의 덩어리를 조금씩 잘라 먹다 보면, 언젠가 이 마음의 크기가 줄어들지도 모른다.

"아플 땐 약을 먹어야 하지만, 면역력을 키우는 게 더 중요해요."
허리 수술로 입원해 있을 때, 재활치료 선생님이

해준 말이었다. 불안도 이와 다르지 않다. 불안은 감기처럼 자주 찾아오지만, 그때마다 나를 지킬 면역은 스스로 만들어야 한다. 아주 작지만 꾸준한, 실행으로부터 말이다.

나는 이제 더는 오지 않을 비행기를 기다리지 않기로 했다. 대신 우선 조금 걸어보려 한다. 걷다 보면 발이 붓고, 물집이 잡힐 수도 있겠지만, 그 의지의 굳은살이 분명 나를 성장시킬 것이다. 천천히, 그러나 단단하게.

나는 나를 돌보기로 했다

살면서 내가 응급차를 타게 될 거라곤 한 번도 생각해본 적이 없었다. 주사 치료로 버텨오던 허리디스크가 결국 거동조차 불가능할 정도로 악화되었고, 그렇게 나는 구급대원의 도움을 받아 병원으로 이송되었다. 진단명은 추간판 탈출증, 흔히 말하는 허리디스크였다.

의사는 MRI 사진을 보며 척추를 하나씩 짚어갔다. 그의 손가락이 네 번째 척추뼈 부근에 도달했을 때, 나는 설명을 듣기 전부터 문제가 있다는 걸 단번에 알아볼 수 있었다. 4번과 5번 척추 사이를 지탱하던 디스크가 심하게 돌출되어 있었고, 의사는 수술이 시급하다고 말했다.

머릿속이 하얘졌다. 마치 하얀 페인트를 쏟아부은

듯 모든 생각이 사라졌다. 수술을 망설이는 내게 의사는 시간을 좀 주겠다며 진통제를 투여하고 자리를 떴지만, 나는 이틀도 버티지 못한 채 밀려오는 통증에 결국 수술대에 몸을 맡길 수밖에 없었다.

주변에서는 걱정 어린 말들이 쏟아졌다.
"다른 병원도 더 알아봐야 해."
"허리는 한 번 칼을 대면 끝이야."
"조금만 더 참아봐."

하지만 1cm의 움직임조차 허용되지 않던 내게 그런 말들은 현실감 없이 들릴 뿐이었다. 그래도 그들의 마음이 걱정에서 비롯된 것임을 알고 있었다. 나 역시 아프지 않았을 땐, 이 고통이 얼마나 막막한지 짐작조차 하지 못했으니까.

다행히 수술은 무탈하게 끝났다. 무엇보다 나를 그토록 괴롭히던 방사통이 사라졌다는 사실이 기뻤다. 물론 약해진 허리는 예전처럼 탄력을 찾지 못했다. '허허롭다'는 말이 마음의 상태만을 뜻하는 줄 알았는데, 몸에도 허허로움이 생길 수 있다는 걸 그때 알았다. 의사의 말대로 이제는 평생 허리를 관리해야 하는 숙제를 안게 됐지만, 꾸준한 재활로 나아질 수 있으리라 믿기로 했다.

몸이든 마음이든, 무너지기 전엔 항상 주황 신호등이 켜진다. 하지만 우리는 대개 그 신호를 대수롭지 않게 넘긴다. 아직 견딜 만해서, 별일 아닐 것 같아서, 혹은 애써 무시하는 습관 때문일 것이다. 그러나 한 번 신호를 놓친 사람은 머지않아 또다시 신호를 마주하게 되고, 그때는 이미 적신호 앞에서 멈춰 서야 하는 순간이 찾아온다.

돌이켜보면 나는 일상에 치이고 지친다는 핑계로 저녁마다 무심코 캔맥주 뚜껑을 당기곤 했다. 하루를 마무리하는 작은 보상이라 생각했지만, 그 시간만큼이나 나 자신을 돌보고 살피는 순간이 있었다면 어땠을까 하는 마음이 남았다.

사실 '나'라는 존재는 규율과 기대 속에서 그저 타

인의 시선을 의식하며 살아가는 아주 작은 숨이지만, 그런 숨 하나하나가 모여 이루어지는 게 세상이기에 나는 이제라도 나를 조금 더 아껴보기로 했다. 너무 당연하게 지나쳤던 나에게, 오늘만큼은 따뜻한 차 한 잔을 건네보려 한다. 어쩌면 조금은 어색하고 낯설지 모르지만, 괜찮다. 스스로에게 미안하다고 말할 용기가 있다면, 그것이 또 하나의 시작점이 될 테니까.

습관은 늘 흐트러지려 한다

변화는 어렵다.

하지만 더 어려운 건, 그 변화를 그대로 두는 일이다.

교정을 끝낸 지 반년이 지났다. 오랫동안 입안을 채우던 금속 장치가 사라지고, 혀로 치아를 훑을 때마다 매끈한 감촉이 느껴졌다. 드디어 끝났다는 안도감도 잠시, 치과를 나서며 두 개의 유지장치를 건네받았다. 낮에는 투명한 장치, 밤에는 철사로 된 장치. 교정은 끝났지만, 관리는 이제부터라는 말이 따라왔다. 보이지 않는 틀 안에 여전히 갇혀 있는 기분이었다.

처음에는 성실했다. 하지만 시간이 지나자 '하루쯤은 괜찮겠지'라는 생각이 자연스럽게 끼어들었다.

피곤한 날엔 빼먹었고, 바쁜 날엔 잊어버렸다. 거울 속 치아는 여전히 가지런했다. 눈에 띄는 변화가 없으니, 대수롭지 않게 넘겼다.

정기 검진 날, 의사 선생님은 치아를 살피다 조용히 물었다.
"유지장치, 잘 착용하고 계세요?"

잠깐 머뭇거리다 대답했다.
"가끔 빼먹긴 했어요."

선생님은 부드럽게, 그러나 분명하게 말했다.
"치아는 원래 자리로 돌아가려는 힘이 강해요. 지금은 안 보여도, 이미 조금씩 움직이고 있을 거예요."

겉보기엔 그대로여도, 보이지 않는 곳에서는 천천히 흐트러지고 있다는 사실.
그게 꼭 습관 같았다.

일찍 자야지 하면서 휴대폰을 붙잡는 밤,
하루만 쉬자던 운동이 며칠로 늘어가는 순간들.
무너지는 데는 언제나 큰 사건이 필요하지 않았다.
대부분은 '이번만'이라는 말로 시작됐다.

치과를 나서며 유지장치를 다시 끼웠다.
하루 이틀로 달라질 건 없겠지만, 그 하루들이 쌓이면 분명 다른 결과가 남을 것이다. 꾸준함이란 어쩌면 그런 것이다. 눈에 띄지 않게, 그러나 방향을 바꾸는 힘.

오늘도 유지장치를 낀다.
그리고 가볍게나마 스스로에게 묻는다.
나는 지금, 나를 얼마나 잘 유지하고 있는가.

졸병 계급입니다만

어린 시절, 형과 함께 체스게임을 자주 두곤 했다. 그중에서도 나는 '폰'이라는 유닛을 움직이는 순간을 유독 좋아했다. 폰은 체스에서 가장 낮은 계급의 말(장기의 '졸'과 같은 말)이지만, 상대의 강한 말을 잡아낼 때만큼은 묘한 쾌감이 있었다. 작은 말 하나가 판을 흔드는 그 순간이 좋았다.

지금 돌아보면, 내가 좋아해온 이야기들도 대체로 비슷했다. 힘없는 인물이 예상 밖의 장면에서 흐름을 바꾸는 이야기들. 조용히 버티다가 끝내 한 수를 두는 서사에 마음이 갔다.

체스에서 폰은 한 칸씩만 움직인다. 갈 수 있는 방향도 제한적이고, 눈에 띄는 존재는 아니다. 하지만 판의 끝까지 도달하면 이야기가 달라진다. 킹을 제외한 어떤 말로든 바뀔 수 있는 가능성이 주어진다. 가장 낮은 자리에서 끝까지 살아남았을 때, 비로소 다른 이름을 얻는 셈이다.

살다 보면 내가 꼭 체스판의 폰처럼 느껴질 때가 있다. 할 수 있는 일은 많지 않고, 속도도 더디다. 한 번에 멀리 가지 못하고, 매번 한 칸씩만 나아가는 기분. 그런데도 문득 이런 생각이 든다. 이 한 칸이 정말 아무 의미도 없는 걸까.

지금은 보잘것없어 보이는 움직임일지라도, 언젠가 돌아보면 하나의 흐름이 되어 있지 않을까. 당장은 판의 가장자리에 있지만, 끝까지 남아 있는 말이 될 수도 있지 않을까.

그래서 오늘도 한 칸을 둔다.
졸병 계급이지만, 아직 게임은 끝나지 않았으니까.

자라고 있지는 않았다

어느 시기에는 하루를 성실하게 살아냈다고 믿었지만, 결과는 좀처럼 따라주지 않았다. 바쁘게 움직였는데도 시간이 지나 돌아보면 남아 있는 것이 거의 없다고 느꼈다. 그때는 운이 없었거나, 아직 때가 오지 않았다고 생각했는지 모른다.

지금 와서 보니 이유는 단순했다. 그 시기 내 삶에는 공부가 없었다. 새로운 것을 배우지 않았고, 익숙한 생각과 방식 안에서만 하루를 반복했다. 움직이고는 있었지만, 자라고 있지는 않았다.

성과가 없었던 건 성장이 없었기 때문이고, 성장이 없었던 건 공부가 삶에서 빠져 있었기 때문이었는지 모른다. 그 사실을 알기까지, 꽤 오랜 시간이 걸렸다.

나는 나의 계절에 피어난다

세상은 나이마다 해야 할 일을 정해둔다.

스무 살엔 어른이 되어야 하고, 서른이 되면 자리를 잡아야 하며, 마흔이 넘으면 흔들림 없어야 한다고 말한다. 마치 모두가 같은 시간표를 나눠 받은 것처럼.

하지만 삶이 정말 그렇게 흘러야 할까.

어떤 꽃은 이른 봄에 피어나고, 어떤 꽃은 한여름이 지나서야 봉오리를 연다. 누군가는 빠르게 방향을 정하고, 누군가는 오래 망설이다가 겨우 첫 발을 내딛는다. 그 차이가 잘못은 아닐 텐데도, 우리는 자주 속도를 비교하며 스스로를 재촉한다.

친구 한 명은 서른이 넘어서 새로운 공부를 시작

했다.

"이제 와서?"라는 말을 들을까 봐 걱정했지만, 그는 담담하게 말했다.

"지금이라도 찾았으니 다행이지."

또 다른 친구는 안정적인 직장을 떠나 작은 가게를 열었다. 이유를 묻자, 그는 잠시 생각하다 이렇게 말했다.

"그냥, 나답게 살고 싶었어."

친구들의 말은 나를 한 번 더 돌아보게 만들었다.

우리는 언제부터 '늦었다'는 말을 이렇게 쉽게 믿게 되었을까.

어쩌면 나는 그동안 나만의 시간 대신, 세상이 정해둔 속도에 나를 맞추느라 바빴는지도 모른다.

조금 늦어도 괜찮다.

돌아가도 괜찮고, 다른 길을 택해도 괜찮다.

나이는 방향을 정해주는 기준이 아니라, 그저 시간이 흘렀다는 표시일 뿐이다.

중요한 건 그 시간 안에서 무엇을 선택했고, 어떻게 지나왔는지다.

모든 꽃이 같은 계절에 피어야 할 이유는 없다.
나는 내가 준비된 순간에, 나의 자리에서 피어나면 된다.

행복은, 행복의 사실을 깨닫는 것

나는 행복을 두 가지로 나눠본다. 먼저 하나는 '절대적인 행복'이다. 시험에 합격하거나, 오랫동안 바라던 일이 이루어졌을 때, 가족에게 좋은 일이 생기거나 예상치 못한 행운이 찾아올 때처럼 누구에게나 환하게 보이는, 크고 분명한 행복이다. 하지만 이런 행복만으로는 삶을 다 채울 수 없다. 우리 곁에는 훨씬 더 작고, 사소하지만 분명한 행복이 있다. 아침에 눈을 뜨자마자 창문 너머로 쏟아지는 햇살, 출근길 카페의 커피 향, 잠시 쉬어가듯 들려오는 노래 한 곡 같은 순간들이 일상 속에 조용히 숨어 있다.

나는 그 사소한 행복을 '상대적인 행복'이라 부른다. 절대적인 행복이 특별한 날에 찾아온다면, 상대적인 행복은 평범한 하루의 틈새에서 피어난다. 삶이 무겁게 느껴질수록 이 상대적인 행복은 오히려 더 강하게 우리를 지탱해준다.

영화 〈꾸뻬 씨의 행복 여행〉의 주인공도 그 사실을 깨닫기 위해 길을 나선다. 남의 고민을 들어주던 정신과 의사 '꾸뻬'는 정작 자신이 행복한지 확신하지 못한 채 답을 찾아 세계 곳곳을 여행한다. 그는 사람들에게 묻는다. "당신에게 행복이란 무엇인가요?" 그 여정의 끝에서 꾸뻬는 깨닫는다. 행복은 멀리에 있는 것이 아니라, 이미 우리 안에 존재하고 있었다는 사실을. 영화 속 그가 남긴 한 문장은 오래도록 마음에 남는다.

—행복이란, 우리가 행복하다는 사실을 깨닫는 것이다.

행복을 찾는 일은 어쩌면 먼 나라로 떠나는 여행이 아니라, 익숙한 길을 새롭게 바라보는 일일지도 모른다. 아침에 들리는 새소리, 따뜻한 차 한 잔, 누군가의 다정한 인사. 그렇게 작은 순간들이 모여 우리의 하루를 이룬다.

어쩌면, 행복을 찾아가는 여행은 이미 시작된 것
일지도 모른다.

야광

어둠이 깊어질수록 야광은 더 또렷해진다.

낮에는 보이지 않던 빛이 밤이 와서야 드러나는 것처럼,

우리가 견디는 시간에도 그 안에서만 생겨나는 무언가가 있다.

숨이 가빠오는 날에도,

무릎이 조금씩 힘을 잃는 밤에도

빛은 조용히 곁에 머문다.

손으로 잡을 수는 없지만,

사라지지 않고 그 자리에 남아 있는 방식으로.

언젠가 아주 멀리서도 알아볼 수 있는 빛이

당신에게도, 나에게도

각자의 속도로, 각자의 모양으로
드러날 것이다.

2부 한낮의 온도

—하루를 건너며 불린 이름들

월요일을 없애주세요

'월요일을 없애달라'는 초등학생의 청원 글이 국민청원 게시판에 올라왔다는 유머 글을 본 적이 있다. 사실인지 알 길은 없지만, 일요일 저녁만 되면 그 말이 유독 절절하게 다가왔고 나 역시 그때마다 댓글 창에 달린 온갖 너스레를 읽으며 한바탕 웃음을 짓곤 했다. 가벼운 농담 속에서 사람들과 공감 연대를 이룬 것이었다.

월요일은 확실히 공공의 적임이 분명하다. 월요일 하나만으로도 우리는 단숨에 한마음이 된다. 휴일이 끝난 아쉬움으로 삼삼오오 모여 '월요병'을 토로하다 보면, 어쩐지 남루했던 기분도 조금은 위로받는 듯하다. 물론 이 연대도 금요일 저녁이면 언제 그랬냐는 듯 사라지고, 모두가 다시 각자의 주말을 찾아

뿔뿔이 흩어진다. 하지만 월요일이 돌아오면? 또다시 우리는 하나가 된다.

사실 요즘 나는 주말과 평일의 경계가 흐릿한 스케줄 근무를 하고 있다. 그럼에도 불구하고, 월요일만큼은 여전히 버겁다. 월요일이라는 이름만으로도 몸이 자동으로 무거워지는 듯하다. 그래서일까. 월요일을 온전히 피해갈 수 있는 순간들은 더할 나위 없이 달콤하다. 월차를 내고 맞이하는 평온한 아침, 혹은 월요일 오후 반차를 내고 한적한 카페에 앉아 창밖을 바라보는 시간. 이 순간만큼은 마치 휴일 전날 밤처럼 설렌다.

그러다 가끔은 스스로를 달래며 생각해본다. '월요일이 있기에 주말이 더 소중한 것은 아닐까?'라고. 드라마에 갈등이 없다면 이야기가 단조로워지듯, 어벤져스에 타노스가 없다면 영웅의 존재감이 희미해지듯, 어쩌면 월요일이라는 최종보스가 자리하고 있기에 우리의 일상에도 도전과 의미가 생겨나는 게 아닐까 싶다.

월요일이 사라진 세상은 어떨까? 더 나은 세상일까, 아니면 무언가가 빠진 듯 허전한 세상일까. 답은 모르겠지만, 한 가지는 확실하다. 다음 월요일 아침이 오면 나는 또다시 그 청원 글을 떠올릴 것이다. 그리고 속으로 빌겠지. 제발, 월요일을 없애주세요.

나는 왜 상사의 말에 '넵'이라 답하는가

사회생활을 시작한 이후 가장 자주 쓰게 된 말이 있다면 단연 '넵'이다. 처음 20대때 입사한 첫 회사부터, 선배들이 상사의 지시나 부름에 일사불란하게 "넵!" 하고 외치는 모습을 보았다. 마치 군대처럼 느껴졌지만, 금세 익숙해졌고 나 역시 습관적으로 그 말을 따라 하게 되었다. 상사가 메신저로 무언가를 지시할 때마다 나는 무조건 반사적으로, 기계적으로 "넵!"을 외쳤다. 어느새 '넵병'에 걸린 사람처럼 말이다.

처음엔 이 단순한 말 한마디를 두고도 고민이 많았다. 이 말의 대체어는 없을까 하고 말이다.
'네' 라고 대답하기엔 다소 딱딱하고 성의 없어 보였고,

'네네'라고 말하기엔 지나치게 밝고 가벼워 보였다.

'넹'은 너무 발랄한 버전이라 업무적 상황엔 적절치 않았고,

'네, 알겠습니다'는 예의는 있지만 매번 길게 쓰기 귀찮았다.

결국 나는 적당히 진지하면서도 경쾌한 느낌을 주는 '넵'으로 정착했다. 어쩌면 '넵'이란 말에는 기성 사회인들이 실패를 거듭하며 만들어놓은 가장 최적의 타협지점인지도 모르겠다.

하지만 이 말을 반복할수록 마음 한편에서 묘한 쓸쓸함도 함께 느끼게 되는 것 같다. 나의 '넵'에는 얼마나 진심이 담겨있을까? 단지 거절할 수 없는 입장에서, 그 순간을 넘기기 위한 반사적인 대답에 불과하지 않을까? 가끔씩 이 짧은 단어가 나 자신을 작아지게 만들기도 한다. 회사 안에서의 나는 진짜 나 자신이라기보다, 수많은 '넵'을 반복하며 만들어진 또 하나의 가면인 셈인 거니까.

그럼에도 나는 오늘도 상사의 말에 망설임 없이 "넵!" 하고 외친다. 기계적인 응답이 아니라, 내 일을 적극적으로 수용하겠다는 작고 소박한 결심이 담겨있는 것이라 나를 설득해본다.

나는 이 짧은 단어 하나가 주는 가벼움과 편안함 속에서 오늘도 사회생활의 무게를 견디는 법을 배운다.

전신적 스트레스

　[야, 나 오늘 정말 전신적 스트레스로 돌아버릴 지경이야.]

　정신적 스트레스를 '전신적 스트레스'로 잘못 써서 보내온 친구의 톡이 딱히 이상하거나 어색하게 느껴지지 않았다. 생각해보니 오히려 그게 더 시의적절하다는 생각이 되레 들기도 했다. 극심한 정신적 고통은 몸으로 번지고 퍼져나가 결국 전신을 앓게 만들어 버리지 않던가. 그게 일에서 오는 고통이든, 시련의 고통이든, 좌절의 고통이든 상관없이 말이다.

　문득 전업 작가로 지내던 어떤 날이 기억난다.
　"너는 내 주변 사람 통틀어서 가장 부러운 놈인 게

확실해.”

　회사에서 상사와 갈등을 겪으며 매일같이 전투를 벌이던 친구가, 마침 근처에서 글을 쓰던 나를 점심 시간에 잠깐 찾아왔다. 그는 카페에 들어오자마자 쌓인 스트레스를 마치 숙취를 토해내듯 쏟아내더니, 어느 정도 분노가 가라앉고 나서 내게 물었다.
　“넌 요즘 스트레스 받을 일이 없겠다?”

　나는 조금 약이 오르라는 듯 배시시 웃으며 짧게 대꾸했다.
　“창작의 고통이라는 게 있지.”

　그런데 사실 그때의 현실은, 친구가 생각하는 것처럼 편안하고 낭만적이지 않았다. 창작자로서의 자유 뒤에는 생계를 고민하는 무게가 짙게 고착돼 있었고, 이슥한 밤이면 어김없이 출구 없는 생각에 갇혀 늘 지친 정신으로 잠들곤 했다. 보기에는 한량의 일상을 보내는 것 같았지만, 건강은 오히려 직장 생활을 하던 때보다 더 나빠져 있었고, 자잘한 통증과

질병은 몸을 떠날 줄 몰랐다.

재미있게도 다시 직장인이 된 지금의 나는, 카페에서 자유롭게 노트북을 두드리고 있는 사람들에게 부러운 시선을 쏟아내고 있다. 몇 해 전 내 친구가 나를 따갑도록 바라보던 그 눈빛처럼 말이다.

삶이란 그런 것 같다. 어디에 있든, 어떤 선택을 하든 스트레스는 다른 얼굴로 늘 우리 곁에 머물게 마련이다. 자유롭게 살면 불안이 다가오고, 안정적인 삶을 택하면 억압이 따른다. 몸이 건강하다고 마음이 늘 편한 것도 아니고, 마음이 평온하다고 몸이 항상 건강한 것도 아니다. 결국 중요한 건 삶의 형태나 위치가 아니라, 그 모든 모순 속에서도 몸과 마음이 공존할 수 있도록 스스로를 단련하는 태도에 달려 있다.

어떤 날은 몸이 먼저 지치고, 또 어떤 날은 마음이 먼저 무너질지 모르지만, 그럼에도 우리는 살아간다. 완벽한 조화로움을 찾으려 애쓰기보다, 흔들리면서도 다시 중심을 잡아가는 법을 익혀 나가는 것.
어쩌면 그것이야말로 우리가 스트레스와 함께 살아
가는 가장 현명한 방식일지도 모른다.

아 그럴 수도 있겠다

사회인이라는 명찰을 달고서 수많은 사람과 부대끼며 터득한 작은 지혜가 있다면, 그것은 바로 상대방의 행동이 내 가치관과 다를 때 '그럴 수도 있겠다'라고 생각하는 습관이었다. 상대의 말이나 행동이 내 가치관과 다를 때, 예전 같았으면 쉽게 반발하거나 단정지었을 것이다. 그런데 언젠가부터 그 말 한마디를 속으로 되뇌이는 순간, 마음이 상하는 일이 예전만큼 빈번하게 일어나지 않았다.

처음 사회생활을 시작했을 땐, 내 기준과 원칙을 고수하는 것이 옳다고 믿었다. 이해가 되지 않는 일에는 쉽게 선을 긋고, 납득할 수 없는 행동 앞에서는 스스로를 방어하듯 고개를 저었다. 그런데 시간이 지나 돌아보면, 그건 이해하지 못했던 게 아니라 이해할 의지가 없었던 게 아닐까 싶다.

절대적으로 나쁘다고 단정지을 수 있는 행동은 사실 그렇게 많지 않다. 범죄나 윤리적 선을 명백히 넘지 않는 한, 대부분은 그 사람의 배경과 판단 안에서 이뤄진 선택일 뿐이다. 내 기준에 맞지 않는다고 해서, 상대가 틀린 사람이 되는 건 아니다.

물론, 아무리 애를 써도 생각이 도무지 맞지 않는 사람도 있다. 그런 순간엔, "타협점은 찾지 못했지만, 당신의 생각이 틀렸다고 말하진 않겠습니다"라는 말로 대화를 종결짓곤 한다. 무조건 수용하는 태도는 자칫 약한 사람으로 비춰질 수 있고, 어떤 사람들은 그 틈을 이용해 더 거칠게 밀고 들어오기도 한다는 걸, 몇 번의 경험을 통해 알게 되었기 때문이다. 받아들이지 않되, 무시하지도 않는 태도. 그 정도 선이 사회인으로 살아가는 나에겐 필요했다.

그럼에도 불구하고, 나는 여전히 '아, 그럴 수도 있겠다'의 범주 안에서 이해할 수 있는 사람과 상황이 더 많다고 믿는 편이다. 나는 그 말 하나로 스스로를 덜 소모하게 되었고, 괜한 감정 낭비에 마음을 쓰는 일 또한 큰 폭으로 줄일 수 있었다.

사람과 사람 사이의 온도 차를 억지로 맞추려 하기보다 조금은 느슨하게 바라보는 일, 아마 그것이 사회 속에서 스스로를 다치지 않게 지키는 방식이 되었는지도 모르겠다.

확증 편향적 사고

'확증편향'이라는 말이 있다. 요즘 주식 투자자들 사이에서 자주 쓰이는 용어인데, 쉽게 말해 "내 말이 맞지?"를 증명하려는 심리를 뜻한다. 자기 생각과 일치하는 정보만 받아들이고, 반대되는 정보는 무시하는 태도다. 옳은 판단을 내린 확증편향은 큰 수익으로 이어지기도 하지만, 대다수의 개미 투자자들은 잘못된 확증편향에 빠져 손실을 본다.

그런데 요즘은 주식이라는 범주를 넘어, 다른 장면들에서도 이 단어를 자주 떠올리게 된다. 사람과의 관계에서도, 책을 읽을 때도, 가치관을 만들어가는 과정에서도 그렇다. 확증편향적인 사고는 스스로를 옥죄고, 새로운 가능성의 문을 닫아버린다. 나는 가끔 그런 사고에 깊이 빠진 사람을 만나면, 대화 속에서 타인의 의견이 비집고 들어갈 틈이 없다는 걸 느낀다. 그런 순간엔 해야 할 말을 목젖에서 멈춰 세우게 된다.

가만히 생각해보면, 나 역시 그런 순간이 있지 않았을까. 이미 정해둔 결론 안에서 내가 듣고 싶은 이야기만 골라 듣고, 보고 싶은 사실만 받아들였던 순간들. 나와 다른 시선이 불편해 애써 외면했던 때들. 그런 경험을 되짚어 보면, 확증편향은 나와 먼 개념이 아니라 누구나 크고 작게 빠질 수 있는 심리라는 생각이 든다.

음식을 지나치게 편식하면 몸에 필요한 영양소를 충분히 섭취할 수 없듯, 생각 또한 다르지 않다. 자기 중심이 잡히는 일은 중요하지만, 삶이라는 배움의 광장 속에서는 때로 조금 다른 결의 이야기들, 다소 불편할 수도 있는 정보들을 받아들이는 태도 또한 필요하다.

그래서 우리는 복기가 필요하다. 바둑의 고수들이

경기를 마친 뒤 복기를 통해 자신의 수를 돌아보듯, 삶에서도 이따금씩 스스로의 태도를 되짚어볼 필요가 있다. 내가 놓친 건 없었는지, 외면한 사실은 없었는지, 내가 맞다고 믿었던 것들이 정말로 옳았는지. 그렇게 복기하는 시간을 가질 때, 우리는 비로소 한 수 더 나아가는 사람이 될 수 있다.

내일과 내 일

할 일이 많은 내일이
유난히 싫은 날이 있다.

그럴 때 나는
내일을 다른 의미로 바꿔본다.

내일은,
내가 할 일이 많은 날이 아니라
내가 맡은 역할이 많은 날이라고.

표현을 조금 바꿨을 뿐인데
느껴지는 무게가 달라진다.
그 무게가 사라지지는 않지만,
감당할 수 있는 쪽으로 이동한다.

아마도 문제는

내일이 아니라

내 일을 부르는 말이었을 것이다.

필요 없다고 말하지 못했다

전업작가로 지내던 시절, 생활비가 버거워 은행에
간 적이 있다. 창구 직원은 친절했고 설명은 매끄러
웠다. 대출을 실행함에 있어 카드를 만들면 이자가
줄고, 자동이체를 하면 혜택이 생긴다고 했다.

나는 알고 있었다. 지금 당장 그 카드가 필요하지
않다는 걸. 하지만 그 자리에서 "괜찮습니다"라고 말
하는 일은 이상할 만큼 어렵고 조심스러웠다. 특히
상대가 웃고 있을 때의 거절은 언제나 마음 한 귀퉁
이를 쓰라리게 한다. 그래서 결국 도장을 찍었다. 몇
장의 종이 위에 같은 이름을 반복해 적으며. 직업란
에는 작게, 그러나 또렷하게 '전업작가'라고 적었다.

돌이켜보면 그 시절의 나는 자주 그런 선택을 했

다. 필요해서가 아니라, 거절하는 일이 더 힘들어서. 조심스럽고, 미안하고, 관계를 불편하게 만들고 싶지 않아서. 속은 조금 불안했지만, 괜찮아 보이는 쪽이 그 당시 나에겐 더 버티기 쉬운 방식이었다.

며칠 뒤 카드가 도착했다. 반짝이는 플라스틱 한 장. 나는 그 카드를 서랍 속에 넣어두었다. 쓰지 않았고, 그렇다고 버리지도 않았다. 지갑을 바꿀 때마다 손끝에 스치던 그 기억만 희미하게 남아 있다.

그때의 나는, 뭐랄까. 조금 멀리 돌아가더라도 다치지 않는 쪽을 선택하는 사람이었다. 거절 대신 수용을, 소란 대신 조용함을, 어긋나는 대신 잠자코 머무르는 쪽을 택하던 사람.

그 선택들이 겁이었는지, 배려였는지, 유약함인지, 다정함인지 지금도 단정할 수는 없다.

쓰진 않았지만, 버릴 만큼 가볍게 느껴지지도 않았던 것들.

그 카드도, 전업작가라는 이름도.

둘 다 나에게 조금은 과분한 시절이었다.

베개 하나 바꾼다고

베개를 새로 하나 샀다. 가격도 제법 나갔고, 설명서에는 정성스러운 단어들이 가득했다. 목과 어깨의 라인을 따라 부드럽게 감싸며, 잠든 동안에도 이상적인 각도를 유지해 준다고 했다. 하지만 며칠을 자고 일어나도 내 목은 여전히 불편했다. 오히려 더 불편한 날도 있었다. 결국 나는 원래 쓰던 낡은 베개로 돌아갔다. 눌린 자국이 선명한 그 베개는 아무 말 없이 다시 자리를 내어주었다.

좋은 베개라는 게 대단한 줄 알았다. 실제로도 그렇게 말해주는 사람과 광고가 넘쳐난다. 하지만 어떤 날은 아무리 좋은 베개도 불편하고, 또 어떤 날은 베개 없이도 괜찮은 밤이 있다. 중요한 건 베개의 품질보다 그날의 몸 상태에 있었다. 굳은 어깨로 잠들면, 결국 어떤 베개도 그리 편하지 않았다.

이런 일은 생각보다 자주 일어난다. '이 강의 하나면', '이 책 한 권이면', '이 도구만 쓰면' 하는 말들. 잠깐 기대하게 되지만, 결국은 다시 내 자리로 돌아오게 된다. 좋은 베개가 편안한 잠을 보장해 주지 않듯, 어떤 도구나 방법도 내 삶을 단번에 바꿔주지는 않는다. 누군가에게는 효과가 있었다 해도, 그 사람이 어떤 하루를 지나왔는지는 우리는 알 수 없다.

그러니 누군가의 추천은 참고문헌쯤으로 두는 게 좋겠다. 정답처럼 품기보다는 필요할 때 펼쳐보는 정도로 말이다. 때로는 내 몸을 오래 알아온 낡은 베개 하나가, 가장 조용한 방식으로 나를 지지할 때가 있다. 새것이 줄 수 없는, 익숙함만이 아는 방식으로.

뒤처짐은 누구에게나 찾아온다

살다 보면 문득 '이런 글을 써봐야지' 하는 생각이 떠오를 때가 있다.

하지만 막상 노트북을 켜고 글을 쓰려 하면, 머릿속에서 그리던 것처럼 술술 나오지 않는다. 단어들은 기대했던 대로 흘러가지 않고, 문장들은 생각처럼 매끄럽지 않다. 어느새 화면 앞에 멍하니 앉아, 내가 무엇을 쓰려 했는지조차 희미해지는 순간이 찾아온다.

삶도 그렇다.

'이렇게 살아야지' 하고 나름의 방향을 정해 달려왔는데, 막상 도착해 보니 기대했던 곳이 아니거나, 전혀 다른 길 위에 서 있는 순간을 마주하게 된다.

얼마 전 우연히 스티브 잡스의 대학 연설을 다시 보게 됐다. 그는 삶에서 작은 점들을 연결해 나가는 태도, 이른바 'Connecting the dots'에 대해 이야기했다. 사소한 변화에서 시작된 작은 움직임이 우연을 만들고, 그 우연이 또 다른 인연으로 이어진다. 그렇게 이어진 시간 속에서 우리는 조금씩 다른 사람이 되어 간다. 너무 서두르지 않고 차근차근 나아가다 보면, 언젠가는 지금과는 다른 자리에 서 있을지도 모른다. 조금 더디더라도 말이다.

뒤처지고 있다는 감정은 누구에게나 찾아온다. 어쩌면 자연스러운 일일지도 모른다. 우리는 늘 누군가와 비교하며 살아가니까. 그래서일까. 그럴수록 더 의식적으로, 스스로에게 집중할 필요가 있다. 비교에 휩쓸리다 보면 정작 중요한 '나'를 놓치기 쉽다.

다른 사람의 기준이 나를 재촉할 때, 한 번쯤 이런 질문을 던져보고 싶다.

나는 지금, 내 삶을 위해 무엇을 하고 있는지.

그 답이 크지 않아도 괜찮다. 중요한 건 내가 여전
히 내 삶의 속도로 걸어가고 있다는 사실이니까.

나아가고 있어

허리수술 후에는 한 걸음을 떼는 것이 일이었다.

일어나는 것도, 발을 내리는 것도 마음보다 몸이

한 박자씩 늦었다.

친구들이 안부를 물어왔다.

"몸은 괜찮아?"

짧고 다정한 말이었다.

처음엔 습관처럼 답장을 적었다.

'나아지고 있..'

그러다 문장 끝에서 손이 멈췄다.

그리고 나는 한 글자를 고쳐 적었다.

"나아가고 있어."

아직 아프고, 속도는 느리고, 자주 멈춰 서게 되지
만 적어도 뒤로 가고 있지는 않다는 말 같아서.
오늘보단 내일이, 내일보단 모레가 나을 거란 확
신을 스스로에게 말해 주고 싶어서

그래서 나는 조금 불편한 몸으로
조금 늦은 걸음으로 오늘도 같은 말을 되뇐다.

나아지고 있지는 않아도,
나는 분명 나아가고 있다고.

과거에 붙잡힌 나에게

한동안 나는 같은 질문만 반복했다.
"왜 그때는 그렇게밖에 하지 못했을까."
"조금만 더 잘했다면 달라졌을까."

아쉬움은 금세 실망으로 바뀌었고, 실망은 나를
붙드는 족쇄가 되었다. 앞으로 가야 하는 순간에도
자꾸만 뒤를 향해 고개가 돌아갔다. 남들은 꾸준히
나아가는 것 같은데, 나만 제자리를 걷는 기분이었
다. 그 감정은 오래 머물렀고, 나는 스스로를 조금씩
잃어갔다.

그러다 어느 날, 아주 단순한 사실을 받아들였다.
과거는 더 이상 손댈 수 없다는 것. 후회한다고 해서
바뀌는 것은 아무것도 없다는 것. 그 깨달음이 모든

걸 단번에 바꾼 것은 아니었지만, 적어도 그 순간부터 나는 천천히 손을 놓기 시작했다. 붙잡고 있던 감정을 억지로 밀어내는 대신, 그때의 나를 인정하는 방식으로.

그래서 나는 마음속 족쇄를 도끼로 한 번 끊어보려 한다. 그리고 그 도끼는 이 자리에 두고 가려 한다. 언젠가 나처럼 과거 앞에서 멈춰 선 사람이 이곳을 지나게 될지도 모르니까. 그때 그 사람도 알 수 있기를 바란다.

괜찮다고.
지금 여기에서 다시 걸어가면 된다고.

무릎은 나이를 안다

예전엔 쉽게 뛰어들었다. 결과가 어찌 되든 해보지 않고선 견딜 수 없던 시절이 있었다. 가끔은 무모했고, 자주 어설펐지만 그조차 하나의 증명처럼 느껴졌다. 지금 돌이켜보면 용기라기보단 무지에 가까웠던 그 시절의 나를, 지금의 나는 종종 그리워한다.

이제는 조금 머뭇거린다. 한 걸음 내딛기 전에 열 걸음 뒤를 먼저 그려본다. 혹시나 실패하면 그 실패를 감당해야 할 몫이 선명하다. 하고 싶은 마음보다 하지 않아도 되는 이유들이 먼저 줄을 선다. 어쩌면 어른이 된다는 건, 가능성보다 책임의 무게를 먼저 재는 일인지도 모르겠다.

그런데 가끔은, 무릎이 먼저 나가지 않는 나이임

에도 여전히 과감히 뛰어드는 사람들을 본다. 나는 그들을 보며 부럽다기보다 경이롭다는 마음이 든다. 어쩌면 그들은 같은 나이를 지나면서도 서로 다른 시간을 통과하고 있는지도 모르겠다.

무언가를 시작하지 않는 날들이 켜켜이 쌓여간다. 도전 대신 안전을 택하고, 기대 대신 예측 가능한 결과에 안도한다. 그러다 불현듯, 더 이상 꿈을 꾸지 않는 자신을 마주하게 된다. '겁'이라는 말은 좀처럼 낭만적이지 않지만, 지금의 내 마음을 가장 정확히 설명하는 단어 같다.

그래도 여전히 마음 한편엔, 누군가 내 손을 끌어 줬으면 하는 바람이 남아 있다. 자꾸만 움츠러드는 마음을 모르는 척, 아무 일 없다는 듯 이끄는 손길 하나. 나는 요즘 그런 공연한 우연을 기다리고 있는 지도 모른다.

가끔은 격렬히 치이고 싶어

가끔은 어디엔가 치이고 싶다. 세게, 아주 열렬하게. 길을 걷다 누군가와 어깨가 부딪히듯, 말 한마디에 마음이 휘청일 만큼.

매일 같은 시간에 눈을 뜨고, 같은 버스와 전철을 탄다. 비슷한 얼굴들 사이에 섞여, 하루를 살아낸다기보다 그저 흘려보내는 쪽에 가까운 나날들. 표정이 있었던가 싶을 때가 있다.

감정은 얇게 떠 있다. 말 한마디, 눈짓 하나로 찢어질 것 같으면서도 이상하게 아무도 그것에 닿지 않는다. 나조차도. 좋아하던 것도, 싫어하던 것도 조금씩 희미해지고, 익숙함은 마취처럼 마음의 떨림을 덮어버린다.

그래서일까. 멜로 영화 속 인물들이 어딘가에 세게 부딪히고, 그로 인해 흔들리고 무너지는 장면을 보면 괜히 울컥한다. 상대의 눈빛 하나, 말 한마디가 감정을 꺼내 올리는 순간들. 불안정하고 진창 같아도 그 안에는 분명 살아 있음이 깃들어 있으니까.

사랑이든 일이든, 혹은 누군가의 문장 하나라도 마음이 기울어지는 날이 온다면, 그건 휘청이고 싶다는 뜻이 아니라 온기를 품은 무언가에 조용히 닿고 싶다는 마음일 것이다.

그날엔, 눈물이 흘러도 괜찮을 것 같다. 조용히 흘러가는 하루의 강물 속에서 나도 어딘가 생생하게 부딪히고 있다는 작은 방증일 테니까.

꾸며진 대본에는 시선이 담겨 있다

"좋은 건 알겠는데, 근데 책도 결국엔 만들어진 문장이잖아."
아내가 말했다.

말끝에 딱히 공격의 의도는 없었지만, 나로서는 잠깐 멈칫할 수밖에 없었다. 책을 오래 좋아해왔고, 그만큼 당연하게 믿어왔던 것들이 있었으니까. 그 말이 틀리지 않다는 걸 알기에 더 조심스러웠다. 그래, 결국은 누군가가 쓴, 만들어진 문장들이지.

아내의 말이 하루 종일 머릿속을 맴돌았다.
정제된 말들, 의도된 구성, 수많은 고침의 흔적. 마치 무대 위의 대사처럼 치밀하게 계산된 문장들. 문장이란 결국 완성된 결과물이다.

그런데 이상하게도, 그 완성 속에서 자꾸 미완을 보게 된다. 책을 읽다가 어떤 문장 앞에서 오래 머무는 이유도 그 때문이다. 그건 그 문장이 잘 쓰였기 때문이기도 하지만, 그보다 먼저 그 문장을 바라본 눈이 느껴지기 때문이다.

'아, 이 문장을 쓴 사람은 이 장면에서 이렇게 느꼈구나.'
'이 풍경을 이렇게 바라봤구나.'

우리는 문장을 읽는 것 같지만, 실은 그 문장을 따라간 시선을 함께 읽고 있는지도 모른다.

아내의 말은 문장을 다시 보게 만들었다. 나는 그 문장 너머의 시선을 더듬었다. 우리가 좋아하는 노래 가사도, 드라마 속 대사도 결국은 누군가가 바라본 풍경의 조각들이다. 그래서 문장은 잊혀져도, 그 문장을 바라보던 느낌이나 한 장면은 오래 남는다.

읽는다는 건, 문장을 훑는 일이 아니라

그 문장을 바라본 눈과, 그 눈이 머문 장면까지 함께, 떠올려보는 일인지도 모른다.

지키고 싶은 사람이 있습니까

어느 날, 소설가 김중혁이 한 예능에서 말했다. 수많은 인물 가운데 자신이 가장 아끼는 캐릭터는 '소설가 김중혁'이라고. 그는 방송에 나가고 다른 일을 병행하는 것도 결국 그 캐릭터가 끝까지 글을 쓸 수 있도록 돕기 위한 일이라고 했다. 그 말이 참 오래 남았다. 누군가 자신을 캐릭터처럼 아낀다는 것이, 아주 오래된 진심처럼 느껴졌기 때문이다.

생각해보면 나에게도 그런 사람이 있다.
'글을 쓰는 천성호.'

그는 말을 아끼고, 쉽게 지치고, 가끔은 며칠이고 모습을 감추기도 한다. 하지만 사라지지는 않는다. 어느 새벽인가 불쑥 마음을 건드리며 돌아온다. 그를 제일 먼저 알아보는 건 언제나 나다. 그가 없었다면 나는 지금보다 단단했을지 모르지만, 분명 덜 나다웠을 것이다.

아마 나는 그를 지키기 위해 지금의 삶을 버티고 있는 것인지도 모른다. 낯선 자리에서 말을 건네고, 생계를 위해 시간을 내어 일하고, 사람들 속에 적당히 섞이면서도 다시 책상으로 돌아오는 이유. 그가 계속 글을 쓸 수 있도록.

우리는 누구나 마음속에 그런 사람을 품고 산다. 조금 느리고, 다치기 쉽고, 현실에서 자주 밀려나는 사람. 하지만 이상하게도 삶이 흔들릴 때 가장 먼저 떠오르는 사람 역시 그이다. 그를 지키는 일은 때로 벅차지만, 그를 잃고 나면 아마 더 먼 길을 돌아가게 될 것이다. 그가 서 있는 방향이 결국 내가 가야 할 방향이라는 걸, 언젠가는 알게 될 테니까.

그러니 너무 멀어지도록 자신을 내버려두지 말 것. 끊어지지 않을 만큼의 아주 얇은 끈일지라도 이

어둘 것. 닿아만 있다면—그는 반드시, 나에게 다시
돌아온다.

어둘 것. 닿아만 있다면—그는 반드시, 나에게 다시
돌아온다.

그냥, 일했습니다

군대에 있을 때까지만 해도 나는 체대 진학을 준비했다. 낮에는 훈련을 하고, 밤에는 전등 불빛 아래에서 문제집을 풀었다. 그러나 전역 후 아버지의 건강이 급격히 나빠지면서 대학은 더 이상 나의 선택지가 아니었다.

이십 대 초반, 가장 피하고 싶었던 질문이 있었다.
"학교는 어디 나왔어요?"

별 뜻 없이 던지는 말이었겠지만, 내겐 대답 사이에 잠깐의 숨이 필요했다.
"저는⋯ 대학에 진학하지 않았어요."
그 말을 내뱉을 때마다, 남들보다 한 발 뒤에 서 있는 기분이 들었다.

그 후로 나는 일했다. 가게에서도, 사무실에서도, 낯선 현장에서도. 하루하루는 계획이라기보다 생존에 가까웠다. 그러다 이십 대 중반, 조금 숨을 돌릴 여유가 생겼을 때 워킹홀리데이를 준비했다. 영어 학원을 다니고, 비자를 받고, 마지막 건강검사만 남겨두고 있었다.

하지만 그마저도 예상치 못한 결핵 판정으로 멈추게 되었다. 6개월의 출국 금지. 손에 잡힐 듯 가까웠던 길은 어느 날 갑자기 멀어졌고, 나는 그때 친척형의 권유로 예정에 없던 고깃집을 운영하게 되었다. 그 시절의 유학은 한여름밤의 꿈처럼, 내 삶에서 조용히 흩어졌다.

돌아보면 나는 참 많이 돌아왔다. 누군가는 경험이라 부르고, 누군가는 방황이라 부를지도 모를 시간들. 하지만 그 어느 것도 헛되지 않았다. 그때의 나는 버텨내고 있었고, 살아내고 있었고, 내가 설 수 있는 자리에서 꾸준히 일하고 있었다.

드라마 〈쌈, 마이웨이〉에서 면접관이 주인공에게

이렇게 묻는 장면이 있다.

"다들 유학 가고, 대학원 가고 그럴 때, 당신은 그 시간에 뭐 했어요?"

잠시 숨을 고른 뒤, 주인공은 조심스럽게 대답한다.

"저는… 돈 벌었습니다."

그 대사는 과장도 변명도 아니었다. 그저 자기 삶을 자기 말로 말한 것이었다. 누구에게는 이력서의 한 줄일지 몰라도, 그 시간의 무게는 본인만이 알고 있다.

나도 이제는 안다. 계획했던 시간과 다른 시간을 살았다고 해서, 그 삶이 덜 값진 것은 아니라는 걸. 누군가의 기준에서 초라해 보일지라도, 나는 나의 자리에서 할 수 있는 만큼 살았다. 그래서 이제는 부끄럽지 않게 말할 수 있다.

—저는 그냥, 일했습니다.

그것이 내 삶이었고,

그 삶이 나를 여기까지 데려왔다.

스스로 규정하지 말 것

첫 책을 내기 전까지, 나는 내가 과연 책 한 권을 쓸 만한 사람인지 확신하지 못했다. 그래서 쓴 글들은 늘 블로그의 비공개 폴더에 쌓아두었다. 나만 볼 수 있는 공간, 누군가의 반응을 상상하지 않아도 되는 안전한 자리였다.

원고를 모두 써놓고도 마음은 좀처럼 가벼워지지 않았다. 등단하지 않은 사람이 책을 낸다는 게 맞는지, 괜히 웃음거리가 되지는 않을지, 이 글을 읽는 사람들은 어떤 얼굴로 페이지를 넘길지 같은 생각들이 머릿속을 떠나지 않았다. 고민은 길어졌고, 폴더는 여전히 닫혀 있었다.

숨겨둔 글은 잘못될 수도, 틀릴 수도 없었다. 대신

아무 일도 일어나지 않았다. 결국 나는 고심 끝에 원고를 꺼냈고, 첫 책은 그렇게 세상에 나왔다. 그 뒤로 몇 권의 책이 더 생겼지만, 모든 시작점은 비공개 폴더의 첫 잠금을 해제하는 일이었다.

돌아보면 나는 대단한 성취를 이룬 사람도 아니고, 성공보다 실패에 더 익숙한 편이다. 다만 분명한 건, 그때 글을 밖으로 내놓지 않았다면 지금의 나는 이 문장을 쓰고 있지 않았을 거라는 점이다. 이 글을 읽는 누군가와 시간이 스칠 일도 없었을 것이다.

사람은 생각보다 쉽게 스스로를 규정한다. 아직 해보지 않은 일 앞에서, 미리 선을 긋고 그 안에 머문다. 나 역시 오래 그랬다. 그러다 어느 순간, 그 선이 내가 만든 것이었다는 걸 알게 되었다.

어쩌면 내가 그어둔 선 너머에는, 아직 만나지 못한 또 다른 내가 있을지도 모른다. 그래서 나는 함부로 결론을 내리지 않으려 한다. 세상은 여전히, 내가 생각했던 것보다 더 많은 가능성을 품은 채 열려 있으니까.

어른이라는 말은 생각보다 버겁다

아버지가 세상을 떠난 지 어느덧 14년이 흘렀다. 시간이 흐르면서 빈자리에 익숙해졌다고 믿었지만, 어떤 날은 그 빈자리가 오히려 더 선명하게 다가온다. 어른이 되었으니 모든 걸 스스로 이겨내야 한다는 강박 속에서, 가끔 나는 나 자신이 너무 어린 어른처럼 느껴진다. 그래서인지 흔들려도 기댈 곳이 없다고 느껴지는 날이면, 종종 꿈속에서 아버지를 마주한다.

꿈속의 아버지는 늘 같은 자리에 서 있다. 손을 뻗으면 닿을 듯하지만 끝내 닿지 않는 거리. 내가 한 발 더 다가서면 꿈이 깨져버릴 것 같아, 그저 멀리서 바라볼 수밖에 없다. 꿈속에서도 안다. 이 순간이 오래가지 않을 거라는 것을.

요즘 버거운 날들이 이어졌는지, 오늘도 아버지 꿈을 꾸고 눈을 떴다. 여느 날과 다르지 않은 아침 출근길, 문득 이런 생각이 들었다. 실은 아버지가 나를 찾아온 것이 아니라, 내가 먼저 아버지를 찾아간 것은 아닐까. 현실에서는 누구에게도 쉽게 털어놓지 못한 마음을, 꿈속에서라도 아버지에게 기대고 싶었던 건지도 모르겠다.

서른여덟이라는 나이는 결코 어리지 않지만, 삶이 유난히 버거운 날엔 여전히 어린아이처럼 위로받고 싶어진다. 말없이 바라보는 아버지의 익숙한 실루엣, 그 깊고 따뜻한 눈빛만으로도 때로는 이미 충분하다.

일과를 마치고 돌아오는 퇴근길, 버스 창가에 비친 내 얼굴을 보며 또 다른 생각이 스쳤다. 아버지의 모습 뒤에 서 있던 건, 어쩌면 결국 나 자신이 아니었을까.

아직 어린 나를 다독이기 위해, 내 무의식이 그리운 얼굴을 빌려 위로를 건넨 건지도 모른다.

꿈은 나를 가장 솔직한 나 자신에게 데려다 놓고,
나는 그 기억을 안은 채 다시 하루를 살아간다.

우리는 다른 언어로 껴안았다

엄마는 내가 대학에 가지 못한 걸 늘 미안해한다.

"성호 너는 좋은 집안에서 태어났으면 공부 쪽으
로 잘 됐을 애인데.
부모가 밀어주지 못해서 미안하다."

그 말을 꺼낼 때마다 엄마의 어깨가 조금씩 작아
지는 것 같았다.

나는 대답하지 않는다.
괜찮다는 말조차 때로는 엄마를 더 미안하게 만드
는 것 같아서.
그저 식은 국을 다시 데우듯, 대화의 온도를 조금
낮춘다. 다른 얘기로 흘려보낸다.

엄마는 모른다.

추운 겨울, 보일러 대신 문풍지로 막아둔 문틈이 얼마나 따뜻했는지.

반찬 하나 없이 끓여준 김치콩나물국밥이 얼마나 든든했는지.

그리고 틈날 때마다 반복되던 엄마의 말들이

어떤 과외나 학원보다 더 오래, 더 깊이 나를 키웠다는 걸.

미안함은 엄마의 것이고, 고마움은 나의 것이다.

우리는 늘 그렇게, 다른 언어로 서로를 안아왔다.

형의 뒷모습은 늘 저녁이었다

아버지가 암 선고를 받았을 때, 집안은 조용히 가라앉기 시작했다. 조금씩 무너지는 생활, 예고 없이 밀려든 치료비. 그리고 그 한가운데에 조용히 자리를 바꿔 앉은 사람이 있었다.

형이었다.

누가 정한 것도 아닌데, 형은 어느새 가장이 되어 있었다. 스물여섯의 형은 말없이 일을 시작했고, 나는 그때 겨우 군 전역을 몇 달 앞둔 스물둘이었다. 무슨 일이 어떻게 흘러가는지도 다 알지 못한 채, 휴가를 나왔을 땐 그저 형의 바쁜 뒷모습만 바라볼 뿐이었다.

군에서 돌아온 뒤엔 곧장 형과 같은 일터에 나가

게 되었다. 같은 공간에서 같은 일에 손을 얹고 있었지만, 그 무게는 분명 달랐다. 형의 하루엔 내가 모르는 책임이, 걱정이, 깊은 숨이 담겨 있었다. 나는 그걸 모른 채, 아니 어쩌면 알고도 모른 척한 채 눈앞의 일만 붙잡고 있었다.

시간은 꾸역꾸역 흘렀고, 스물여덟의 나와 서른넷의 형은 어느새 서로 다른 길을 걷고 있었다. 그러던 어느 겨울 저녁, 가족이 다 함께 앉은 식탁에서 나는 불쑥 말했다.

"나… 글을 진지하게 써보려 해. 작가가 돼보고 싶어."

엄마는 갑작스러운 결정을 이해하지 못한 듯한 표정이었지만, 형의 반응은 조금 달랐다. 저녁을 마친 뒤 가볍게 맥주를 마시던 자리에서, 천천히 거품이 올라오던 잔을 바라보며 형이 말했다.

"이제 집은 내가 책임질게. 넌 너 하고 싶은 거 한 번 해봐라."

망설임도, 의심도 없는 말투였다. 그 짧은 문장 안에 형이 지나온 수많은 계절이 담겨 있는 것 같았다. 그 덕분에 나는 한동안 글만 쓰는 삶을 살 수 있었다. 잠시였지만, 온전히 나로 존재할 수 있었던 시간. 그 시간을 형이 만들어준 것이다. 지금은 내 가정을 위해, 밤에만 펜을 쥐며 글을 쓰지만 그 시절이 있었기에 나는 아직도 '쓰는 사람'으로 살아갈 수 있다.

형은 다정한 사람이다.

하지만 그 다정함을 드러내는 법을 모르는 사람이다. 내가 울던 날엔 말없이 등을 내어주고, 내가 길을 잃던 날엔 말없이 앞장서던 사람. 그리고 어떤 말보다 묵직한 책임으로 가장의 무게를 견뎌낸 사람.

이제야, 아주 늦게, 고맙다고 말해본다. 그리고 미안하다고도.

그 시절 형의 시간에는, 아무도 등을 쓸어주는 사람이 없었다는 걸—

나는 너무 늦게 알아버렸다.

중쇄를 찍자

출판에서 중쇄는 성공의 증거라기보다, 아직 끝나지 않았다는 신호에 가깝다. 크게 팔리지도 않았고, 그렇다고 사라지지도 않았다. 누군가의 손에 계속 닿고 있다는 뜻. 조용하지만 분명한 필요가 남아 있다는 표시다.

드라마 〈중쇄를 찍자〉 속 편집자들은 베스트셀러보다 절판되지 않는 책을 바란다. 화제가 되지 않아도 좋으니, 다음 판을 찍을 수 있기를. 그들에게 중쇄는 환호가 아니라 확인에 가깝다. 이 일이 아직 유효하다는.

생각해보면 삶도 비슷하다. 눈에 띄는 성과가 없는 날이 더 많고, 수고에 대한 응답은 자주 생략된다. 그래도 우리는 다음 날의 분량을 또 살아낸다. 오늘이 조용했다고 해서, 인생을 접어둘 필요는 없으니까.

중쇄를 찍는 삶이란 대단한 성취가 아니다. 다만 크게 망하지 않았고, 완전히 포기하지 않았으며, 아직은 이 세계 어딘가에서 쓰이고 있다는 뜻이다. 그 이유 하나만으로도 다음 장을 넘길 자격은 충분하다.

그래서 요즘 나는 성공이라는 단어 대신 중쇄를 떠올린다. 오늘의 하루가 잘 팔리지 않았다면, 내일은 한 번 더 찍어보는 쪽으로. 삶이란 결국, 크게 환호받는 이야기가 아니라 끝내 절판되지 않는 이야기이니까.

어떤 기성세대가 될 것인가

"무급으로 열흘이나 일했다고요?"

나는 마시던 커피를 뱉을 뻔했다. 아직도 이런 일이 가능하다는 사실이 낯설었다.

지인은 태연하게 웃으며 말했다.

"오전에만 하는 날도 있었어요. 그렇게 빡센 편은 아니었고요. 교육기간이라 어쩔 수 없어요."

그 말에 더 말문이 막혔다. 무급이라는 조건보다, 그 상황을 담담하게 설명하는 태도가 마음에 걸렸다. 우리 사회는 이상하게도 '어쩔 수 없는 것'이라는 말이 붙는 순간, 많은 일들이 문제에서 빠져나간다.

지인은 최근 이사 청소 일을 시작했다. 청소 회사

소속으로 개인사업자를 내고 일하는 구조였고, 현장을 배우기 위해 일정 기간의 교육이 필요했다. 선택지는 많지 않았고, 그는 그 시간을 감내했다. 대수롭지 않게 말했지만, 나는 이야기를 듣는 내내 마음이 편치 않았다.

"허허, 일 배우려면 감수해야죠."

그는 오히려 나를 진정시키듯 웃었다. 하지만 나는 선뜻 고개를 끄덕일 수 없었다. 열정을 가진 사람은 손해쯤은 감수해야 한다는 오래된 논리. 기회는 공짜가 아니고, 배우려면 대가를 치러야 한다는 말. 그렇게 많은 시간들이 이름 없이 지나간다.

문득 군대에서의 기억이 떠올랐다. 처음 입대한 이등병들을 대하던 선임들은 두 부류로 나뉘었다. 자신이 겪은 부당함을 그대로 되물림하던 사람과, "이런 건 굳이 안 해도 된다"며 하나씩 줄여가던 사람. 같은 시간을 통과했지만, 누군가는 폭력을 반복했고, 누군가는 그 고리를 끊으려 했다. 그 선택이 이후의 시간을 달라지게 만들었다.

지인은 결국 정식 직원이 되었다. 그렇게 열흘의
무급 기간은 업계의 관행으로 남았다. 그는 현실적
이었고, 나는 여전히 그 장면이 마음에 걸렸다. 어쩌
면 둘 다 틀리지 않았을지도 모른다. 다만 새로운 사
람들에게 여전히 불문율이 요구되고 있다는 사실만
이 남을 뿐이었다.

문제는 이런 장면들이 반복될수록, 그것이 점점
설명할 필요 없는 일이 되어간다는 데 있다. '다들
이렇게 해왔다'는 말은 계속해서 전이되고, 선택지
가 없던 사람에게서 또 다른 신참에게로 넘어간다.

시간은 그렇게 흘러간다. 버티던 사람은 어느새
자리를 고쳐 앉고, 언젠가는 누군가를 맞이하는 쪽
에 서게 된다. 그때 우리는 같은 말을 하게 될까. 아
니면, 그 말 앞에서 잠시 멈춰 설 수 있을까.

아직은 그 자리에 서 보지 못했다. 다만 한 가지는
분명해졌다. 내가 지나온 시간이 누군가의 통과의례

가 되지 않기를 바란다는 것. 그 마음 하나만은, 쉽
게 관행이라 부르지 않기로 했다.

비는 정작 와야 할 때 오지 않는다

마음이 가라앉는 날이면 비가 보고 싶어진다.

이유는 없다. 다만 그런 날엔 하늘이 한 번쯤 어두워졌으면 한다.

그런데 꼭 그럴 때마다 하늘은 맑다.

햇살은 지나치게 정직해서, 숨을 곳을 주지 않는다.

마치 타이밍을 비켜 가는 것처럼,

제주에 머무는 동안도 그랬다.

일하는 내내 푸르렀던 하늘은

떠나는 날이 되자 비로 바뀌었다.

차창에 맺힌 물방울이 하나둘 늘어났고,

와이퍼가 지나갈 때마다 풍경이 잠깐씩 사라졌다가 돌아왔다.

젖은 점퍼 자락을 털며 렌터카에 올라타면서

나는 괜히 하늘을 한 번 더 올려다보았다.

애월의 한 카페에 잠시 들렀다.
창가에 앉아 멍하니 비를 보았다.
유리를 두드리는 소리 뒤로 풍경이 흐릿해졌고,
사람들은 각자의 속도로 우산을 펼쳤다.

우산 없이 뛰는 사람이 있었고,
사진을 찍는 사람도 있었다.
젖은 채로 웃는 얼굴들이
비보다 먼저 눈에 들어왔다.

카페를 나설 즈음에도 비는 그치지 않았다.
그런데 처음과는 다른 소리로 들렸다.
멈추기를 기다리기보다,
이대로 걸어도 괜찮을 것 같다는 생각이 들었다.

나는 속도를 늦췄고,
비는 여전히 내리고 있었다.

안녕, 지구별 고양이

현관문을 열어도, 더는 익숙한 소리가 들리지 않는다.

키패드를 누를 때마다 가장 먼저 반응하던 작은 발소리, 기다렸다는 듯 다가와 몸을 비비던 부드러운 감촉. 반려묘 쿤이가 심장마비로 세상을 떠난 뒤, 집 안은 그대로인데 모든 것이 달라 보였다.

소파에 앉으면 어느새 다가와 기대던 무게가 사라졌다.

주방을 오가다 습관처럼 작은 밥그릇을 찾고, 문득 시선을 돌릴 때마다 비어 있는 자리가 눈에 들어왔다. 익숙했던 공간들이 어쩐지 낯설게만 느껴졌다. 집안을 헤집고 다닐 존재가 없다는 걸 알면서도, 마음은 자꾸만 그 잔상을 좇았다. 그러다 무심코 장난감 하나를 발로 툭 차기라도 하면, 순간 마음이 무너져 내렸다.

슬픔을 어떻게 해야 할지 몰라 처음엔 피해 다녔다.
아무렇지 않은 척, 다른 일에 집중하려 애썼다. 하지만 그럴수록 머릿속은 온통 떠나보낸 존재에 대한 생각뿐이었다. 그러다 우연히, 펫로스를 겪은 사람들이 쓴 글을 읽게 되었다.

〈생각을 억지로 밀어내지 말고, 충분히 슬퍼할 것〉

그 문장이 마음을 멈춰 세웠다.
지우려 할수록 더 선명해지는 감정이 있다는 걸, 그제야 인정할 수 있었다. 그래서 참는 일을 멈췄다. 그리움이 밀려오면 그대로 울었고, 기억나는 순간들을 억지로 밀어내지 않았다. 그러자 아주 조금씩, 슬픔만 남아 있던 자리에서 따뜻한 기억이 되살아났다. 캣타워 위에서 졸던 모습, 아침마다 건네던 가벼운 울음, 말을 하지 않아도 곁에 와 앉아주던 시간들. 그 모든 것이 다시 나를 찾아왔다.

팻로스를 겪고 있는 사람들에게 섣불리 위로의 말을 건넬 수 없다는 걸 안다. 시간이 해결해줄 거라는 말만으로는 부족하다는 것도, 좋은 곳으로 갔을 테니 자책하지 말라는 말이 때로는 얼마나 공허하게 느껴지는지도. 하지만 분명한 건 하나다. 우리는 함께했던 시간을 잊지 않을 것이고, 그 기억은 언젠가 다시 우리를 붙잡아줄 거라는 사실이다.

쿤이를 떠나보낸 지 꽤 지난 어느 밤,
답답한 마음에 창문을 열었다. 밤하늘엔 별들이 조용히 반짝이고, 바람은 살며시 얼굴을 스쳐갔다. 그 바람결 어딘가에 아주 작은 발소리가 섞인 듯한 느낌이 들었다. 나는 잠시 귀를 기울였다.

'어쩌면 쿤이는 이제 더 큰 존재가 되어, 저 어딘가에서 나를 지켜보고 있는 건 아닐까.'

그 생각이 스치자, 뭔가 모르게 마음을 짓누르던 무게가 전보다 가벼워지는 듯 했다.

그리고 조금은, 한동안 잊고 있던 숨을 천천히 고
를 수 있었다.

3부 무해한 저녁

—부르지 않아도 닿는 마음들

3부 무해한 저녁

—부르지 않아도 닿는 마음들

내가 마신 것은 바닷물이었다

또다시 논란이었다. 누군가는 비난받고 있었고, 누군가는 평가의 대상이 되었다. 부부는 서로를 향해 날을 세웠고, 아이의 상처는 전문가들의 분석 아래 조명되었다. 연애 프로그램 속 한 사람은 '빌런'이라 불리며 도마 위에 올랐고, 그를 해체하듯 댓글이 쏟아졌다. 나는 잠시 그 장면을 바라보다가, 익숙한 피로감에 화면을 넘겼다.

언제부터인가 대중이, 아니 내가, 혐오를 소비하고 있었다.

예능이란 원래 유쾌한 즐거움을 주는 것이 아니었을까. 그런데 어느 순간부터 타인의 상처를 들춰내고, 감정을 극대화하는 것이 엔터테인먼트의 역할이 되어버린 듯하다. 높은 시청률을 위해 더욱 자극적인 장면들이 편집되고, 사람들은 그 장면에 분노하고, 안타까워하고, 때로는 비난하며 감정적으로 휘둘린다.

처음에는 무덤덤했다. 사람들은 본래 가십을 좋아하고, 남의 이야기를 하며 살아가는 것이 자연스럽다고 여겼다. 그러면서 저녁이면 '오늘의 논란'을 찾아다니곤 했다. 부끄럽지만, 흔히 빌런이라 불리는 이들을 보며 '나는 그래도 저 사람들보다는 낫다'고 스스로를 위로하기도 했다. 하지만 어딘지 모를 불편한 감정이 가슴 한구석을 갉아먹고 있었고, 시간이 흐를수록 익숙해진 것들이 내 안에서 작은 균열을 만들어가고 있었다.

나는 줄곧 갈증을 느꼈다. 단조롭고 퍽퍽한 일상을 적셔 줄 무언가를 찾고 있었다. 하지만 어리석게도, 그 갈증을 짠 바닷물로 채우고 있었다.

타인의 논란과 갈등을 보며 잠시나마 우위를 느꼈지만, 그것은 오래가지 않았다. 마시면 마실수록 갈

증은 깊어졌고, 목은 더욱 타들어 갔다. 혐오는 본래 그런 것이다. 처음엔 단순한 흥미처럼 보이지만, 반복적으로 마주하다 보면 어느새 익숙해지고, 마침내 내 말과 생각까지 거칠어진다. 그러다 보면 우리는, 어느새 우리가 소비하는 것들을 닮아가고 만다.

나는 화면을 닫았다. 하지만 그것만으로 충분하지 않았다. 혐오로 채운 공백은 쉽게 사라지지 않았다. 습관처럼 손이 가는 뉴스, 논란의 흐름 속에서 나는 여전히 무언가를 찾고 있었다.

그래서 그 허기를 천천히 다른 것들로 채우기 시작했다. 무해한 고양이 사진을 보며 피식 웃고, 유쾌한 예능을 틀어놓고는 가볍게 시간을 흘려보냈다. 복잡한 감정을 소모하는 대신, 단순한 것들에 머물렀다. 처음엔 허전했지만, 아주 조금씩 나는 이전보다 덜 목마른 사람이 되어갔다.

혐오는 쉽게 중독된다. 하지만 그 반대도 가능하지 않을까.

오늘은 나에게 이런 질문을 한 번 해볼까 한다.

—지금, 나는 어떤 물을 마시고 있는가

호기심보다는 관심이 필요한 존재

첫째 고양이 쿤이가 떠난 지 반년쯤 지났을 때였다. 나와 아내는 우연히 집 근처에서 몸집이 아주 작은 치즈 고양이 한 마리를 발견하게 되었는데, 신기하게도 그 아기 고양이는 우리가 다가가도 도망치지 않았다. 어미로 보이는 고양이와 형제들은 멀찍이 달아나 있었고, 아기 고양이는 그저 힘없이 주저앉아 우리를 올려다보고 있었다. 눈은 거의 뜨지 못했고, 뼈마디가 그대로 드러나 있었다. 누가 봐도 오래 버티기 어려운 상태였다.

우리는 오래 고민하지 않았다. 치료만이라도 해주자는 말에 아내는 조용히 고개를 끄덕였다. 근처에서 작은 박스를 구해 고양이를 담고, 24시간 동물병원으로 향했다. 병원 불빛 아래서 그 아이는 더 작아

보였다.

진단은 허피스였다. 사람으로 따지면 일종의 감기 같은 것이다. 치료를 받으면 괜찮아질 수 있지만, 그대로 두면 위험할 수 있는 병이기도 했다. 의사의 처방은 오래걸리지 않았고 30분쯤 지났을 무렵, 다시 박스에 담긴 고양이는 조금은 맑아진 눈으로 우리를 바라보고 있었다. 그래도 여전히 도망칠 기운은 없어 보였다.

우리는 다시 고양이를 처음 발견한 자리로 돌아갔다. 치료만 마치면 놓아주려 했지만, 아무리 기다려도 어미는 나타나지 않았다. 일기예보대로 비는 내리기 시작했고, 혼자 남겨두기에는 그 아이가 너무 작았다. 결국 우리는 '임시보호'라는 이름으로 그 아이를 집으로 데려왔다.

그렇게 시간이 흘러 그 아이는 '망고'라는 이름을 얻게 되었고, 지금은 매일 저녁 우리의 곁에서 잠드는 가족이 되었다. 이름을 부르면 고개를 들고, 불러주지 않아도 옆에 와 앉는다. 언제부터였을까, 그 아이가 우리 삶의 리듬 안으로 자연스럽게 들어와 있었다.

어릴 적에는 이런 존재들을 애완동물이라 불렀다. 귀엽고 예쁜 대상으로 대하는 말이었다. 요즘은 반려동물이라는 말을 더 자주 쓴다. 함께 걷는다는 뜻이 담긴 말이다. 그 차이를 굳이 설명하지 않아도, 함께 살아보면 알게 된다.

사랑은 생각보다 많은 것을 요구한다. 시간도 필요하고, 비용도 들고, 피곤해질 때도 있다. 가끔은 망고가 온 집안에 남겨진 흔적을 보며 헛웃음이 나기도 한다. 편하기만 하다면, 사랑하지 않는 편이 더 나을지도 모른다. 그런데도 사람들은 여전히 사랑을 선택한다.

아마도 사랑이란, 호기심이 아니라 관심으로 시작되는 일인지도 모르겠다. 잠시 바라보는 것이 아니라, 곁에 두는 것. 소유가 아니라 동행이 되는 것. 그

렇게 사랑은 오늘도 조용히 우리 곁에 있다. 그 사실
하나만으로도, 오늘 하루는 충분히 지탱된다.

고양이는 실패하지 않는다

우리 집 고양이 망고는 낚싯대 장난감이 나오면 모든 일을 중단한다.

밥 시간이 조금 늦어져도, 창밖에 새가 지나가도 상관없다.

실 끝에 달린 작은 깃털 하나면 충분하다.

망고는 그 장난감이 얼마나 오래 버틸지 생각하지 않는다.

내일도 같은 재미를 줄지 묻지 않고,

지금 이 시간이 낭비인지도 따지지 않는다.

그저 흔들리는 순간에 몸을 던진다.

나는 어느 순간부터 무언가를 즐기기 전에 먼저 계산한다.

이 시간이 의미가 있는지,

이 기쁨이 오래 갈지,

나중에 후회하지는 않을지.

생각이 끝나면, 대개 아무 일도 일어나지 않는다.

반면 망고는 실패하지 않는다.

잡지 못해도 다시 뛰고,

놓쳐도 금세 다음 흔들림을 기다린다.

성공과 실패를 구분하지 않기 때문이다.

어쩌면 나는 행복을 놓친 게 아니라,

행복 앞에서 너무 많은 것을 알게 된 건 아닐까.

망고는 아무것도 모르지만,

그래서 매번 전부를 얻는다.

존재하기에 사랑받는 것

길에서 망고를 데려온 뒤,
한 가지 분명해진 게 있다.

사랑은 출신을 묻지 않는다는 것.
어디에서 왔는지, 어떤 삶을 살아왔는지는
그다지 중요하지 않았다.

그저 거기 있다는 사실,
그 존재가 나와 함께 있다는 사실만으로
사랑은 시작되었다.

가만히 생각해보면
사람도 다르지 않다.

태어난 곳이나
가진 것의 많고 적음이
한 사람의 가치를 결정하지는 않는다.

우리는 모두,
사랑받기 때문에 존재하는 것이 아니라,
존재하기 때문에 사랑받는 존재다.

그 단점마저 사랑이라면

사랑이란 단순한 호감의 총합이 아니다. 오랜 시간을 함께하다 보면 상대의 반짝이는 면만 볼 수는 없다. 습관처럼 반복되는 작은 실수, 고집스러운 태도, 때로는 나와 맞지 않는 생각까지도 마주하게 된다.

하지만 진짜 깊이 사랑하게 되면, 그런 부분조차도 그 사람을 이루는 하나의 결일 뿐이라는 걸 깨닫게 된다. 그 사람의 장점만으로 사랑하는 것이 아니라, 단점까지 포함한 전체를 사랑하게 되는 것이다. 완벽하지 않아서 더 사랑스럽고, 불완전함 속에서 함께 맞춰가는 과정이 관계를 더욱 단단하게 만든다. 오래된 연애란 서로를 닮아가는 것이 아니라, 서로의 다름을 이해하는 시간인지도 모른다.

그래서 결국, 사랑은 이유 없이 좋아하는 것이 아
니라, 모든 이유를 알면서도 여전히 좋은 마음으로
남아 있는 일이다.

불편한 설렘

연애 프로그램을 보다 보면 익숙한 장면이 있다.
누군가는 조심스럽게 이렇게 입을 뗀다.
"친한 친구 같아서…""동생, 오빠(누나) 같아
서…"

그리고 그 말은 부드러운 거절의 신호가 된다. 마
치 친밀함이란 것이 연애 감정과 상충하는 것처럼
들린다.

시작하는 연애에는 분명 불편한 설렘이 필요하다.
너무 매끄러우면 감정의 결이 닳아버리고, 오히려
작은 걸림돌이 있어야 마음이 요동친다. 괜히 말 한
마디를 더 곱씹게 되고, 메시지를 보낼까 말까 망설
이게 되고, 평소라면 대수롭지 않을 행동에도 시선

이 자꾸만 머문다. 함께 있는 순간이 즐겁지만, 동시에 낯선 긴장감이 공기처럼 스며든다.

어떤 감정이든 그것이 나를 흔들 때, 우리는 비로소 살아 있음을 실감하지 않던가. 사랑도 마찬가지다. 매끄럽고 예측 가능한 감정보다는, 서툴고 어색한 순간들이 더 진짜 같다. 문득 말을 삼키게 되는 순간, 평소와 달리 심장이 한 박자 늦게 뛰는 순간, 그런 사소한 균열 속에서 감정은 싹튼다.

익숙하지 않기에 불편하고, 불확실하기에 설렌다. 설익은 사랑은 원래 그런 것이다. 내 마음이 통제되지 않고서 끊임없이 수런대고 요동치고야 마는 것. 그러니 누군가와 함께 있을 때 미묘한 불편함이 느껴진다면, 너무 성급히 밀어내지 않아도 좋겠다. 어쩌면 그 불편함이야말로, 새로운 감정이 스며드는 자리일 테니까.

솔직함의 온도

일상을 지내다 보면 이따금 이런 말을 듣게 된다.
"나는 솔직한 편이야."
"나는 돌려 말 못 해. 다 얘기하는 편이야."

그 말엔 망설임이 없다. 자기 마음을 숨기지 않는다는 점에서 그 태도는 분명 선명하고 어떤 면에선 보기 드물게 느껴진다. 다만 그 말을 들은 자리는 이따금씩 조용해지곤 한다. 누군가는 웃으며 넘기고, 누군가는 말없이 시선을 돌린다.

말은 불쑥불쑥 마음의 담장을 넘어 바깥으로 튕겨 나간다. 그 말이 씨앗이 될지 돌멩이가 될지는, 그 말에 실린 결에 달려 있다.

솔직함은 분명 소중한 미덕이다. 다만 그 미덕이 전해지는 방식에 따라, 누군가에게는 무겁게 닿을 수도 있다. 말하는 이는 그 무게를 감당할 준비가 되어 있었을지 모르지만, 듣는 이는 그렇지 않을 때가 더 많으니 말이다.

진실을 건넬 때 그 손에 마음 하나를 얹어준다면, 같은 말이라도 더 오래 따뜻하게 전해질 것이다. 진실은 반드시 날것일 필요는 없다. 때로는 조용히 건네는 손처럼 다정할 수 있다.

무엇을 말했느냐보다 어떻게 말했는가가 사람 사이의 온도를 결정짓는 순간들이 있다. 그래서 우리는 종종 말 앞에서 잠시 숨을 고르게 된다.

그 짧은 숨 사이로 말은,
조금 더 사람 쪽으로 기운다.

'고마워'라고 말하기

나는 한때 "미안해"라는 말을 입에 달고 살았다. 누군가 문을 잡아주면 "아, 미안해요." 호의를 베푼 이에게 "미안해서 어쩌죠." 심지어 내 잘못이 아닐 때도 나는 습관처럼 사과했다. 미안함은 내 안에 쌓인 작은 돌멩이 같았다. 상대를 배려하는 마음이라 믿었지만, 어느 순간부터 그것은 나를 움츠러들게 만들고 있었다.

그래서 나는 의도적으로 같은 상황에서 "고마워요"라고 바꿔 말하는 습관을 기르기 시작했다. 문을 잡아준 사람에게 "고마워요." 호의를 베푼 이에게 "정말 고맙습니다." 그렇게 말해 보니 신기하게도 마음이 가벼워졌다. 미안함이 아니라 감사함을 표현했을 뿐인데, 나도 듣는 사람도 더 따뜻해졌다.

미안함은 때때로 관계를 위축시키지만, 감사함은 관계를 확장시킨다. "미안해"에는 나의 조심스러움이 담기지만, "고마워"에는 상대의 선의가 담긴다. 내가 사과할 때 상대는 "괜찮아"라고 말해야 하지만, 내가 감사할 때 상대는 그저 미소 지으면 된다. 같은 마음을 나누는 방식이 다를 뿐인데, 그 작은 차이가 사람 사이의 거리를 바꾸어 놓았다.

그래서 나는 미안하다는 말보다 고맙다는 말을 더 많이 하며 일상을 보낸다. 작은 호의에도, 사소한 순간에도 감사함을 표현하는 사람으로 살고 싶다. 세상은 내가 바꿀 수 없는 것들로 가득하지만, 적어도 내 말 한마디는 바꿀 수 있으니까.

고마움을 전하다 보면, 나 역시 누군가에게 더 고마운 사람이 되어 있지 않을까.

보는 사람

호감은 꼭 큰 목소리로 문을 열고 들어오는 감정
은 아니다. 때로는 바람처럼, 창틀 사이로 스며들어
곁에 머무는 마음이기도 하다. 화려한 외모도, 유려
한 화술도 없는데 묘하게 사람 마음을 끌어당기는
이들이 있다. 처음에는 이유를 알 수 없어 고개를 갸
웃하게 되지만, 곧 깨닫게 된다. 그들은 말보다 먼저
보는 사람이라는 것. 누군가의 수고를 알아보고, 작
은 노력에도 마음을 담아 반응할 줄 아는 사람이라
는 걸.

"이거 준비하느라 고생했겠다."
"야, 이건 진짜 센스 있다."
"너 덕분에 수월했어, 고마워."

이 말들은 누군가의 하루 끝에 조용히 내려앉는 포옹 같다. 옷매무새를 신경 쓴 친구에게, 저녁상을 정갈하게 차린 엄마에게, 조용히 결과를 내는 동료에게 건네는 짧은 인사. 그 말들이 만들어내는 공기가 사람 사이의 거리를 조금씩 좁혀준다.

좋은 말은 때로 선물보다 따뜻하고, 어떤 조언보다 오래 남는다. 『GIVE AND TAKE』에서 저자 애덤 그랜트는 '주는 사람'이 결국 성공한다고 말했지만, 어쩌면 우리는 그보다 먼저 '보는 사람'이 될 수 있을지도 모르겠다. 감탄이나 칭찬도 좋지만, 말은 가끔 '네가 여기 있다는 걸 나는 알고 있어'라고 전하는 방식으로 더 깊이 닿는다.

호감은 그렇게 쌓인다. 요란하지 않게, 말의 결을 따라 조용히, 그리고 천천히.

대가 없는 마음의 미학

따뜻한 말 한마디, 정성스럽게 건네는 작은 선물.
그것이 진짜 선물이 되려면, 그저 주는 마음에서 멈춰야 한다. 받는 사람의 반응이나 되돌아올 기대 없이 온전히 내어주는 순간, 그때 비로소 나의 진실한 기쁨이 된다.

'이만큼 줬으니, 나도 언젠가 받을 수 있겠지.'
그 마음이 스며드는 순간, 선물은 더 이상 선물이 아니다. 그건 내 몫을 잠시 맡겨두는 일이고, 언젠가 돌려받아야 하는 일종의 빚이 된다.

마음이 오가는 일에는 약속된 반환 기한이 없다. 내가 건넨 호의가 돌아오지 않을 때, 상대는 알지 못한 채 실망의 대상이 되고, 서운함은 앙금처럼 쌓인다. 준 것은 잊어도 괜찮지만, 맡겨둔 것은 좀처럼 잊히지 않기 때문이다.

세상은 주고받음으로 굴러가지만, 사람 사이의 온기는 계산이 빠질 때 더 오래 남는다. 숫자가 매겨지지 않은 마음만이 상대에게 닿고, 그 자리에 머문다. 좋은 마음에서 비롯된 것은 그저 좋은 마음으로 남겨두는 편이 더 깊다.

나는 요즘 무언가를 건넨 뒤 그 결과를 확인하려는 마음을 한 박자 늦추려 한다. 상대의 반응보다 그 순간 내가 느꼈던 온도를 더 믿어보려고 한다. 어쩌면 선물이란 되돌아오는 것이 아니라, 건네는 순간 이미 끝나는 일인지도 모르겠다. 그렇게 남은 따뜻함 하나면, 그날은 충분히 다정해진다.

마음을 널어 말리는 일

나는 마음이 적적할 때마다 청소를 한다. 휴일을 혼자 맞이하는 날은 처음엔 홀가분하고 즐겁지만, 오후가 될수록 집안의 고요가 점점 무거워지면서 마음에도 서서히 적막이 쌓인다. 가만히 누워 있어 봤자 흐린 날씨처럼 축축하게 가라앉기만 할 뿐이라 결국 습관처럼 청소기를 잡고, 밀린 빨래를 꺼내 든다.

사실 빨래는 늘 미루고 싶은 일이다. 젖은 옷의 무겁고 차가운 촉감이나 널고 마르기를 기다리는 번거로움 때문인지 쉽게 손이 가지 않는다. 하지만 막상 하고 나면 언제 그랬냐는 듯 개운해진다. 생각해보면 인생의 많은 일이 빨래와 닮아 있다. 해야 한다는 걸 알면서도 계속 미루다가, 막상 시작하면 별것 아니었던 일들 말이다. 첫 걸음이 가장 어렵고 무겁게 느껴질 뿐, 움직이고 나면 가뿐하게 풀리는 순간들이 있다.

우리 마음에도 흐린 날이 있고 맑은 날이 있다. 마음이 흐린 날엔 그 우울과 막막함을 외면하거나 덮어두기 쉽지만, 빨래처럼 꺼내 널어 놓는다면 언젠가는 마음의 날씨도 바람에 보송하게 마를 것이다. 그런 마음을 천천히 개어 정리하다 보면 어느새 어지럽던 생각도 말끔히 정돈된다. 오늘 나는 옷을 개며 내 마음도 한 장씩 정리해 서랍 속에 곱게 접어두었다.

낮은 길고 노을은 짧다

노을이 지는 하늘을 좋아한다. 하지만 그 순간은 늘 짧다. 밤과 낮의 경계에서 찰나처럼 스쳐 가는 그 붉은 빛을 볼 때면, 이상하게도 마음이 멈칫한다. 조금만 더 머물러주었으면 싶지만, 노을은 늘 빠르게 저물고 만다.

살면서도 비슷한 감정을 느낀다. 무언가 끝나가는 순간에야 비로소 소중함을 깨닫게 되는 일. 함께 있는 동안에는 길게 느껴졌던 하루가, 막상 헤어지고 나면 짧았다는 걸 알게 되는 일. 그렇게 우리는 언제나 뒤늦게, 짧았던 것을 길게 떠올린다.

낮은 길고, 노을은 짧다. 그래서일까. 나는 자주 그 짧은 순간들을 오래 기억하게 된다. 지나간 말들,

스쳐 간 얼굴들, 놓치고서야 알게 되는 마음들. 낮보
다 더 짙게 남는 건, 어쩌면 그 짧았던 것들이 노을
같은 순간이었는지도 모른다.

녹색 인간

녹색을 좋아한다. 그래서 내 옷장에는 녹색 계열의 옷이 유독 많다. 얼마 전 새 재킷을 샀는데, 집에 와서 보니 옷장 속의 다른 옷들과 색감이 거의 흡사했다. 한참을 웃었다. 나도 모르게 늘 같은 색을 고르고 있었던 것이다. 휴대폰을 보니 그것도 녹색. 가방도, 다이어리도, 심지어 머그컵까지. 이쯤 되면 단순한 선호를 넘어선 수준일 것이다.

녹색이 내게 스며든 건 아마도 그 색이 가진 성질 때문인 것 같다. 녹색은 균형을 아는 색이다. 너무 튀지도, 너무 흐리지도 않으면서 주변과 자연스럽게 어울린다. 비를 맞으면 더욱 선명해지고, 강한 햇살을 받아도 고유한 색을 유지한다. 자리를 지키면서도 어딘가 스며드는 유연함을 가진 색. 나는 그런 녹색처럼 살고 싶다. 내 자리를 지키되, 타인을 감싸 안을 줄도 아는 사람으로.

　그래서 나는 내 퍼스널 컬러를 녹색으로 하고 싶다. 눈에 띄지 않더라도 사라지지 않고, 조용하지만 확실하게 존재감을 남기는 색. 녹색은 나에게 있어 단순한 색상을 넘어, 내가 오래도록 간직하고 싶은 태도에 가깝다.

그거, 있잖아 그거

"요즘 말할 때 명사가 잘 생각이 안 나."
친구 승오의 말끝에는 민망함도, 자조도 아닌 그냥 '이상하지?' 하고 넘기는 듯한 웃음이 섞였다.

그 말을 듣자 나도 문득 며칠 전 일이 떠올랐다.
식탁에 앉은 나는 냉장고 문을 연 아내에게 말했다.
"잠깐, 거기 그… 그거 좀 줘."

손가락은 무언가를 가리켰고, 눈동자는 애타게 어떤 단어를 쫓고 있었다.

'케첩'

알면서도 입에서 빠져나오지 않는 그 두 음절이

목구멍 언저리에서 빙빙 돌다 사라졌다. 머릿속 어딘가에 놓여 있을 텐데, 먼지가 소복이 앉은 서랍처럼 도무지 열리지 않았다.

　이상하게도 그런 순간엔 단어보다 그 주변을 맴돌게 된다.
　햄버거, 감자튀김, 계란프라이… 케첩과 함께 나왔던 것들을 하나씩 떠올리며 기억의 가장자리를 더듬는다. 정작 찾고 싶은 단어는 떠오르지 않는데, 그 곁에 있었던 것들만 자꾸 머릿속을 맴돈다.

　마치 이름은 까먹었지만 얼굴은 아는 사람을 마주친 기분.
　익숙한데도, 불러낼 수 없어 자꾸 머뭇거리게 되는.

　결국 아내와 나는 냉장고의 물품을 하나씩 꺼내며,
"이거야?"
"아니, 그거 말고…"
이상한 외계어를 주고받았다.

뜻보다 손짓과 표정이 더 중요한 언어.

그날 저녁, 우리는 말 대신 텔레파시로 소통했다.

그리고 결국, 그 '붉은 소스'를 찾아냈을 때 느꼈던 작지만 확실한 성취감.

그건 이름을 맞히는 게임에서 마지막 퍼즐 조각을 끼워 넣는 기분이었다.

얼마 후 다시 만난 승오에게 이 얘기를 들려주었더니, 자신도 최근에 '토스트기'가 생각나지 않아 그걸 '빵 굽는 기계'라고 불렀다고 했다. 우리는 서로에게 정밀검진을 권하는 시시콜콜한 농담을 하며 한참을 웃었다.

명사가 빠진 대화는 어딘가 한 축이 빠진 듯하지만, 가끔은 그 빈칸을 함께 채워가는 일이 의외로 재미가 있다.

정확히 말하지 않아도 통하는 순간. 말보다 눈치로, 정확함보다 웃음으로 이어지는 대화. 그러니까 이제 우리 대화엔, 감 잡는 능력이 필수가 되었다.

물론, 언젠가 서로를 '그… 그 사람'이라 부르게
될 날이 온다면,
　그땐 진지하게 걱정해봐야겠지만.

봤던 장면 돌려보기

나는 같은 책과 영화를 반복해서 본다. 결말을 알고 있고, 대사까지 외워버렸는데도 마음에 남았던 작품은 다시 찾게 된다. 그런 모습을 보던 아내가 가끔 묻는다.

"그걸 또 보는 거야?"

나는 싱긋 웃으며 대답한다.

"명작은 질리지 않는 법이야."

하지만 그 말만으로는 다 설명되지 않는 부분이 있다.

정말 재미있어서일까,

아니면 그 이야기가 남겨두고 간 감정을 쉽게 놓지 못해서일까.

어떤 이야기들은 한 번 보고 끝나지 않는다. 어떤 문장은 나도 모르게 내 말투가 되고, 어떤 장면은 세상을 바라보는 시선을 조금 바꿔놓는다. 허구의 이야기인데도, 현실을 이해하는 데 더 가까워지는 순간이 있다. 오래전에 스쳐 지나간 문장 하나가, 어느 날 문득 내 삶의 한 장면을 정확히 설명해주는 느낌처럼.

그래서 나는 다시 돌아간다. 처음 마음을 두드렸던 문장을 다시 읽고, 결말을 이미 아는 영화의 첫 장면을 다시 틀어본다. 어떤 장면은 여전히 같은 지점에서 울컥하게 하고, 어떤 대사는 시간이 지나 더 깊이 스며든다. 같은 이야기인데도 그때는 보이지 않던 표정이 보이고, 미처 이해하지 못했던 감정이 새롭게 다가온다. 그렇게 나는 이야기를 다시 보는 동시에, 그때의 나를 되짚는다.

특히 하루가 버겁고 마음이 헝클어진 날이면 더 그렇다. 이불 속으로 파고들어 익숙한 이야기들을 다시 펼친다. 그 이야기들이 지금의 나에게 어떻게 다가오는지를 가만히 확인한다. 신기하게도 이런 과정만으로도 흩어졌던 마음이 서서히 제자리를 찾는다. 아마도 나에게 있어 장면을 다시 본다는 건, 과거에 머무는 일이 아니라 현재의 나를 살피는 방식일지도 모른다. 이미 봤던 장면을 돌려보며, 나는 오늘의 나로 그 이야기를 다시 통과하고 있다.

아직 책을 보는 이유

세상은 점점 더 빠르고 편리하게 돌아가고 있다. 원하는 정보는 구글을 통해 쉽게 찾을 수 있고, 여가 시간을 보내기엔 유튜브만큼 풍성한 공간도 없다. 감성적인 글귀와 짧은 문학 작품들은 소셜미디어에 넘쳐나고, 책 한 권을 끝까지 읽어내기에는 시간이 길고 지루하다는 느낌마저 든다.

그런데도 내가 굳이 책을 사들이는 이유는, 밥이 되지 않아서다.

인터넷의 무수한 정보들은 마치 우주에 흩어져 떠다니는 수많은 입자와 같다. 어떤 목적을 위해 그중 하나를 정확히 집어내는 데는 유용하지만, 손가락 끝으로 스크롤하며 습관처럼 흘려볼 때는 한낱 가벼운 간식에 불과하다. 무언가를 끊임없이 소비하지만, 배부른 느낌보다는 허기를 잠시 달래는 기분에 가깝다. 먹어도 먹어도 포만감 없이 헛헛하게 배출되는 그런 느낌이랄까.

그에 비해 책은 잘 차려진 한 끼 식사처럼 내게 충분한 포만감을 준다. 천천히 한 장씩 넘기며 온전히 내 것으로 소화하는 그 과정은 인터넷으로 얻는 정보와는 분명히 다른 만족감을 안겨준다.

책은 빠르고 효율적인 시대를 역행하는 듯 느리고 무겁고 불편하기도 하다. 가끔은 고리타분하거나 지루하다는 평가도 듣지만, 전자 기기처럼 별도의 충전이 필요 없고 언제 어디서나 펼쳐볼 수 있다는 점에서 여전히 매력적이다. 덕분에 언제 어디서나 지적 허영을 채우거나 마음의 허기를 달랠 수 있다.

그래서 나는 종이책의 수요가 아무리 줄어든다고 해도 완전히 사라지지는 않을 거라 믿는다. 책을 대체할 수 있는 무언가는 많아졌고 앞으로도 더 많아

지겠지만, 그럼에도 책 자체가 될 수 있는 건 없을
테니 말이다.

날것이 젠틀한 사람

일상의 변수는 내가 어떤 사람인지를 가장 솔직하게 드러낸다. 평온한 날에는 누구나 친절해질 수 있지만, 예상치 못한 순간에 마주한 문제 앞에서는 본성이 필터 없이 튀어나온다. 갑자기 차가 끼어들 때, 약속이 어그러질 때, 부탁이 거절되었을 때. 우리는 그런 순간마다 준비하지 않은 얼굴로 서게 된다.

그래서 누군가를 알아간다는 건 그 사람이 어떤 변수를 통과해왔는지를 살피는 일에 가깝다. 예고 없이 찾아온 상황 앞에서 드러나는 말투와 행동에는 꾸미지 않은 태도가 고스란히 묻어난다.

문득 그런 생각이 든다. 나는 타인에게 어떤 모습으로 남고 있을까. 나 스스로를 볼 때보다 타인의 날

것을 더 쉽게 판단하고 있지는 않을까. 한 번의 반응만으로 그 사람을 단정 짓거나, 내 감정이 상한 순간만을 기준으로 관계를 멀리한 적은 없었을까.

글을 다루는 방식이 그 질문에 대한 힌트를 준다. 나는 쓴 글을 여러 곳으로 옮겨본다. 휴대폰 메모장에 적었다가 노트북으로 옮기고, 출간을 앞두고는 종이로 출력해 다시 읽는다. 같은 문장이라도 매체가 달라지면 전혀 다른 얼굴을 보여준다. 고칠수록 결이 드러나고, 미처 보지 못했던 문장이 나타난다.

사람도 비슷하다. 한 번의 만남으로 그 사람을 다 알 수는 없다. 단편적인 순간만으로 판단하기에는 각자의 삶이 너무 많은 층위로 이루어져 있다. 처음에는 차갑게 느껴졌던 사람이 뜻밖의 다정함을 보이기도 하고, 친절했던 사람이 시간이 지나며 낯설어지기도 한다. 한 편의 글을 여러 번 읽으며 다른 의미를 발견하듯, 사람도 여러 순간을 지나며 비로소 읽히기 시작한다.

그렇다면 가장 날것의 순간에서도 젠틀할 수 있는 사람은 어떤 사람일까. 어쩌면 진짜 신사는 가장 자기방어적인 순간에도 쉽게 흐트러지지 않는 사람인지도 모른다. 감정이 격해지는 순간에도 말과 행동을 지킬 줄 아는 사람. 생각보다 쉽지 않은 일이다.

나는 그런 사람이 될 수 있을까. 그리고 그런 사람을 얼마나 알고 있을까.
그 질문 앞에서 나는 여전히 견습생에 가깝다.

말보다 진한 존재

말하지 않아도 알게 되는 관계가 있다. 어떤 말은 오히려 방해가 되고, 말 대신 흐르는 침묵 속에서 더 깊어지는 순간들. 특히 가족이라는 이름 아래에서는 그런 장면이 자주 생긴다.

예전에 사소한 일로 엄마와 서먹해졌던 저녁이 있다. 숟가락이 식탁에 부딪히는 소리만 가끔 울리던 날. 평소보다 시간이 더디게 흘렀고, 나는 하고 싶은 말을 마음에만 담아두었다. 작은 말 하나가 더 큰 파장을 만들 것 같아서였을지도 모르고, 엄마의 마음을 내 마음만큼은 알고 있다고 믿었기 때문이었을지도 모른다.

말은 없었지만, 그날 엄마의 눈빛은 이미 많은 이

야기를 하고 있었다. 후에야 알게 되었다. 말이 없어
도 대화는 충분히 이루어진다는 걸. 침묵 속에서도
서로의 마음은 고요히 오가고 있었다는 걸.

　그날 밤, 잠들기 전 작은 방문 틈으로 들려오던 엄
마의 한마디.
　"잘 자라."
　그 짧은 말 하나로 서먹했던 마음은 조용히 풀어
졌다.

　문득 말없이 엄마와 함께 걸었던 시장 길, 늦은 오
후 침묵 속에 둘러앉았던 거실의 풍경이 떠오른다.
그 기억들 속에는 이미 말로 하지 않은 대화가 남아
있다. 가족이란, 어쩌면 그렇게 말없이도 서로의 마
음을 먼저 감지하는 존재인지도 모르겠다.

엄마는 슈퍼마리오

엄마는 슈퍼마리오다.

작은 키로도 높은 장애물을 뛰어넘고, 수많은 고난 속에서도 힘차게 달려가 별을 따내는 슈퍼마리오. 엄마는 그렇게 살아왔고, 지금도 그렇게 살아가고 있다. 인생의 미션이 꽤나 어렵고 버거울 텐데도 엄마는 한 번도 주저앉거나 포기하는 법이 없었다. 어려운 순간마다 보이지 않는 무적의 힘이라도 얻은 듯, 작고 여린 몸으로 모든 문제를 툭툭 털고 일어서곤 했다.

엄마의 등은 언제나 작고 가냘퍼 보였지만, 그 등 위에 얼마나 큰 세상을 짊어지고 있었는지 어른이 되고서야 알게 됐다. 한없이 작고 평범한 뒷모습 속에 세상의 모든 무게와 책임감을 담아둔 채 엄마는 오늘도 묵묵히 걷는다.

그리고 엄마는 여전히 꿈꾸는 소녀처럼 웃을 줄 알고, 삶의 작은 행복을 발견할 줄 아는 사람이다. 자식들의 말 한마디에 환하게 웃고, 평범한 식탁 위에 놓인 밥 한 그릇에도 커다란 기쁨을 느끼며 살아간다. 그런 모습을 볼 때마다 나는 엄마의 진짜 초능력이 무엇인지 알 것 같았다. 엄마는 끝없는 사랑과 따뜻한 위로의 초능력을 가진 슈퍼히어로다.

인생의 퀘스트를 많이도 깨고 올라와 이제는 관록이 묻어나는, 거대하고도 작은 소녀 영웅. 시간은 속절없이 늙어가지만 이 소녀는 늙지 않으면 좋겠다. 영원히 내 옆에 머물러주길, 나의 최애 영웅 슈퍼마리오.

새벽의 말

새벽이 깊어질수록 마음은 한층 더 솔직해진다. 한낮의 바쁜 일상 속에서 삼켜버렸던 말들, 차마 꺼내지 못했던 감정들이 새벽 공기 안에서 조용히 피어오른다. 그래서일까. 늦은 새벽 시각이 되어 미안했던 사람에게, 혹은 보고 싶은 사람에게 뜬금없이 메시지를 보낸 적이 있다. 그리고 그렇게 보낸 메시지를 받아본 경험도 있다.

낮이었다면 머뭇거렸을 말들이 새벽에는 이상하리만큼 쉽게 흘러나온다. 하지만 그런 말들은 종종 손발이 오그라들게 하거나, 다듬어지지 않은 채 거칠게 표현되곤 한다. 너무 직설적이거나 감정에 치우쳐 있어 다음 날 아침 다시 읽어보면 괜히 후회가 밀려오기도 한다. '왜 그 말을 했을까', '조금 더 차분하게 말할 걸’ 하고 스스로를 다그치기도 한다.

그럼에도 새벽에 나오는 말들은 어떤 면에서는 가장 진실된 속마음이 아닐까 싶다. 낮에는 주변의 시선과 이성적인 판단이 감정을 다듬어 주지만, 새벽에는 그 모든 필터가 사라진다. 억누르지 않은 감정, 과장하지 않은 솔직한 말, 가감 없이 드러난 나의 진짜 마음이 비로소 새벽이라는 시간에 도착하는 것이다.

그래서 새벽에 하는 말과 글에는 신묘한 힘이 있다. 불안과 외로움이 섞여 있기도 하지만, 그 안에는 지금 이 순간의 감정을 있는 그대로 전하고 싶다는 마음도 담겨 있다. 미안한 마음을 전하고 싶어서, 보고 싶다는 말을 제대로 하고 싶어서, 혹은 그저 내 마음이 어디로 향하는지를 알고 싶어서.

새벽에 보내는 메시지는 충동적이면서도, 동시에 가장 인간적인 언어일 것이다.

죽으면 어떻게 될까?

난 종종 그런 생각을 했다. 내가 죽으면 어떻게 될까. 의식은 사라지고, 나는 더 이상 존재하지 않게 되는 걸까. 남은 사람들은 어떻게 살아갈까.

'죽음'이라는 단어를 떠올리는 순간 두려움이 밀려온다. 그리고 그 두려움은 나에게서 그치지 않고, 사랑하는 사람들에게까지 번져간다. 반려동물이 늙어가는 모습을 볼 때, 부모님의 걸음이 예전보다 느려졌다는 사실을 깨달을 때, 마음 한구석이 서늘해지는 이유도 그 때문이다. 삶은 생각보다 쉽게 무너질 수 있다는 걸 우리는 자꾸 목격하며 살아간다.

그런데 어떤 순간에는 그 두려움이 무력하게 느껴지기도 한다. 아직 오지 않은 일을 미리 걱정하는 동안에도 시간은 멈추지 않고 흘러간다. 죽음은 먼 미래에 하나의 사건처럼 찾아오는 것이 아니라, 어쩌면 매일 아주 조금씩 우리 안에서 진행되는 변화인지도 모른다. 살아가면서 동시에 서서히 사라져가는 과정.

지난겨울, 절친한 친구 유호 승오와 함께 동네 목욕탕에 갔다. 우리는 여느 때처럼 뜨거운 온탕 속에 몸을 담근 채 시시한 이야기를 나누다 어느 순간 말이 잦아들었다. 천장을 바라보고 아무 말도 하지 않던 순간, 나는 뜬금없이 물었다.

"근데, 우리는 죽으면 어떻게 되는 걸까? 인격이라는 게 그냥 사라진다는 게, 생각해 보면 좀 무섭지 않아?"
유호는 미간을 찌푸렸다. 그리고 단호하게 말했다.
"쓸데없는 소리 말고, 오늘 저녁 메뉴나 정해라. 지금 먹을 것도 안 정해놓고 먼 죽음 타령이고."

거친 말투였지만, 본질은 명확했다. 죽음을 걱정

하는 대신, 오늘 저녁 메뉴부터 정하라는 말. 아직
오지 않은 불안에 매달리기보다, 지금 내 앞에 놓인
상황과 시간에 집중하라는 뜻이었다.

우리는 목욕탕을 나와 맛집 검색으로 찾은 동네
식당에 들어갔다. 메뉴판을 넘기는 종이 소리와 숟
가락이 테이블에 놓이는 소리. 그리고 천천히 올라
오는 김이 조명을 흐렸다. 우리는 여느 때처럼 별말
없이 밥을 먹었다. 죽음을 생각하는 일보다, 지금 숟
가락을 드는 일이 더 현실적이었다. 멀리 있는 공포
보다, 눈앞의 저녁이 더 진짜였다.

죽음의 공포가 엄습해올 때마다 나는 종종 그날의
장면을 불러온다. 언젠가 죽음이 올 테지만, 오늘은
이렇게 살아진다는 것을.

꿈보다 해몽

'꿈보다 해몽'이라는 말이 있다. 우리는 그 말을 대수롭지 않게 쓰지만, 가만히 들여다보면 꽤 정확한 통찰이 담겨 있다. 사람은 사건 그 자체보다, 그 사건을 어떻게 이해했는지에 더 오래 머문다는 뜻이다.

꿈은 대개 금세 사라진다. 무엇을 꾸었는지는 흐릿해지고, 장면은 기억 바깥으로 밀려난다. 그런데 이상하게도 그 꿈을 어떻게 받아들였는지는 남는다. 불길하다고 여겼는지, 별일 아니라고 넘겼는지에 따라 하루의 기분이 달라진다. 같은 꿈이었어도 해석에 따라 전혀 다른 하루가 시작된다.

현실에서도 크게 다르지 않다. 일어난 일은 한 번뿐이지만, 해석은 여러 번 반복된다. 우리는 어떤 사

건을 과거의 징조로 읽기도 하고, 아직 오지 않은 미
래를 미리 설명해주는 신호처럼 받아들이기도 한다.
그렇게 해석된 기억은 단순한 경험에 머무르지 않
고, 이후의 선택에까지 영향을 미친다.

그래서 삶의 방향은 사건보다 해석에 의해 더 많
이 정해진다. 세상이 우리에게 무엇을 했는지보다,
그 순간 우리가 어떤 의미를 부여했는지가 과거를
다르게 남기고, 미래를 다른 쪽으로 이끈다. 우리는
현실을 사는 동시에, 끊임없이 현실을 해석하며 시
간을 건너간다.

어쩌면 오늘을 지나온 우리는
하루를 산 것이 아니라,
하나의 해석을 남긴 셈인지도 모른다.

내가 지어야 할 집

집을 나서는 시각과 돌아오는 시각이 같다.
시계의 작은 알파벳 글자만이 아침과 저녁을 나누
고 하루는 같은 자리를 맴돈다.

한때 나는 꿈을 살았다.
불안했지만 자유로웠고, 확실한 수입보다
확실한 감정이 먼저 잠들던 날들.
그 시간 동안 당신은 늘 곁에 있었다.
내가 깊이 잠들어도 괜찮도록.

이제 나는 다시 현실의 속도에서
매일의 하루를 걷는다.
다만 약속 하나가 남아 있다.
책으로 집을 짓고 그 안에서

따뜻한 식사를 하겠다는 말.

아직 그 집은 완성되지 않았다.
하지만 당신의 입가가 머무는 곳이라면
그곳이 곧 내가 머무를 집일 것이다.

우리는 가난을 나누며 여기까지 왔고
지금도 같은 방향을 본다.
그래서 나는 오늘도 집을 짓는다.
서두르지 않게
무너지지 않게.

같은 창가에 앉아
같은 풍경을 볼 수 있다면
그걸로 충분하다.
꽃집이 문을 열면
한 송이 꽃을 사겠다.

당신에게,

그리고

지금의 우리에게.

괜찮아, 다시 고쳐 쓸 수 있으니까

밤을 건넌 문장은 어딘가 다르다. 어제의 마음으로 쓴 문장이라 해도, 오늘 아침의 눈으로 다시 보면 어딘가 매끄럽지 않다. 마음에 쏙 들었던 단어들이 불쑥 낯설게 느껴지고, 감탄했던 문장조차 괜히 과한 것처럼 느껴진다. 그래서 조심스레 지우고, 다시 써본다.

그런데 이상한 일이다. 그렇게 고쳐 쓴 문장도 몇 달이 지나면 또다시 손이 간다. 이쯤이면 끝이라 생각했는데, 시간이 조금만 흘러도 마음은 또 다른 것을 원한다. 사람 마음이란 참 물처럼 흘러서, 어제의 옳음이 오늘은 조금 다를 수 있다는 걸 글을 쓰며 배운다.

그래서 이제는 처음부터 너무 애쓰지 않는다. 완벽한 한 줄을 좇기보다, 지금의 나를 믿고 써본다. 비어 있는 것들은 시간이 메워줄 테고, 지나고 나서야 비로소 보이는 조각들도 있다고 믿는다. 그러니 지금은 조금 힘을 빼도 괜찮을 것이다.

글은 때때로 인생을 닮았다. 당장 오늘 완성되지 않아도 괜찮고, 이 과정이 서툴러도 나쁘지 않다. 지금의 문장이 조금 부족해 보여도, 지금의 내가 조금 흔들려 보여도 그것 또한 자연스러운 일이다. 글도 인생도, 언젠가 우리는 다시 고쳐 쓸 수 있으니까.

어쩌되었든, 레벨업

해가 바뀌었고, 올해도 인생의 레벨을 하나 올렸다.

알림창은 뜨지 않았고, 보상 아이템도 지급되지 않았다. 그래도 레벨업은 완료됐다.

지나온 맵에는 예상보다 많은 몹들이 있었다.

말이 통하지 않는 사람들, 이유 없이 체력을 깎아먹는 관계들,

가끔은 로그아웃 버튼을 진지하게 찾게 만들던 날들.

난이도 조절은 끝내 친절하지 않았고, 설명서도 없었다.

그렇다고 혼자 플레이한 건 아니었다.

맵 어딘가에는 늘 눈에 잘 띄지 않는 NPC들이 있었다.

잠깐 방향을 가리켜 주고는 사라지는 존재들.

큰 도움을 받은 것 같지는 않았지만,

그 지점을 지나고 나면 다시 다음 칸으로 이동할

수 있었다.

지금 생각해보면, 그 정도면 충분한 조력이었다.

이 게임은 이상하다.

레벨이 오를수록 쉬워지기는커녕,

몹은 더 정교해지고 퀘스트는 점점 더 고되진다.

그런데도 우리는 해마다 이 스테이지를 통과해왔다.

잘해서라기보다는, 중간에 완전히 멈추지 않았기

때문에.

오늘은 그 사실만 확인해도 괜찮을 것 같다.

HP가 0이 되지 않았다는 것.

그걸로 이 스테이지까지 걸어온 의미는 충분하다

는 것.

다음 맵도 아마 쉽지 않을 것이다.

그래도 우리는 또 접속할 것이다.

완벽한 유저는 아니더라도,

아무 일 없다는 듯 다시 움직이는 사람으로.

완벽한 유저는 아니더라도,

아무 일 없다는 듯 다시 움직이는 사람으로.

끌림은 설명보다 먼저 온다

반주도, 책도, 사람도 결국 첫인상이 중요하다.

처음 듣는 멜로디의 한 구절, 책의 첫 문장, 누군가의 첫 눈빛.

그게 좋으면, 이유도 없이 마음이 간다.

그 순간 우리는 이미 많은 것을 결정하고 있는지도 모른다.

계속해서 듣게 되고, 다시 펼쳐보게 되고, 자꾸만 바라보게 된다.

설명은 나중의 일이다. 처음의 끌림에는 논리가 없다.

어떤 이들은 이런 느낌을 우연이라 말하지만, 나는 그것이 취향의 시작이라고 생각한다.

취향은 크게 반짝이지 않는다. 대신 묵직하게 남는다.

별것 아닌 듯 보이던 장면 하나, 말투 하나가 오래 남는 경우가 있다.

시간이 흐를수록 그것이 왜 좋았는지 서서히 알게 된다.

어쩌면 좋았던 것이 아니라, 좋을 수밖에 없던 것이었을지도 모른다.

우리가 어떤 것에 머무른다는 건, 그 처음이 우리를 움직였다는 뜻이다.

나는 이제야 그런 걸 믿게 되었다.

처음이라는 건 결코 순간이 아니다.

그건 어떤 가능성의 문이 열린다는 신호다.

그리고 그 문 앞에서 잠깐 머뭇거렸던 그 감각,

그것이 끝까지 가게 만드는 동력이 된다.

그 처음이 마음을 움직였다는 사실 하나만으로,

우리는 끝까지 머물 이유를 찾게 된다.

모든 안부의 크리스마스

메리 크리스마스라는 말에는
생각보다 많은 안부가 담겨 있다.

잘 지내고 있는지,
요즘은 무엇이 가장 버거운지,
차마 묻지 못하고 지나온 마음까지도
그 인사 안에 함께 놓여 있다.

그래서 이 말에는
굳이 설명이 필요하지 않다.
기쁜 하루를 보낸 사람에게도,
별일 없이 하루를 넘긴 사람에게도
같은 무게로 닿는다.

누군가에게는 축하가 되고,

누군가에게는 지나가는 인사가 되며,

누군가에게는 오늘을 무사히 건너왔다는

작은 확인이 된다.

그 차이를 굳이 구분하지 않아도 괜찮은 말이다.

이 글을 읽고 있는 당신에게도

같은 인사를 남겨두고 싶다.

모든 사정을 다 알지는 못해도,

이 한 문장만으로 마음이 닿을 수 있기를 바라면서.

—Merry Christmas.

눈사람은 냉동고에서 꿈을 꾼다

꿈이라는 눈사람을 빚다가 손을 멈췄다. 아직 매끈한 얼굴도, 다정히 미소 짓는 입 모양도, 뻗어나가는 팔도 붙이지 못한 차가운 덩어리. 이대로 두었다가는 어느새 손 틈 사이로 물이 되어 흘러내릴 것이 분명했다.

꿈이라는 건 온전한 형태를 갖추기 전까지는 쉽게 녹아버리는 성질이 있다. 꿈은 손 안에서 모양이 잡히기 시작할 때가 가장 연약하고, 가장 쉽게 상처받지 않던가. 조급한 마음에 억지로 완성하려 애쓸수록 도리어 쉽게 무너져 내리곤 한다.

그래서 나는 조심스럽게 그 덩어리를 들어 냉동고에 넣어두기로 했다. 당장 눈을 붙이고 입술을 그리지 못하더라도, 단단한 얼음 덩어리로 잠시 보관하면 괜찮을 것이다. 얼음 속에서 서서히 더 단단해지는 동안, 내 안의 고민들도 서리처럼 얇고 투명하게 덧씌워지며 굳어갈 것이다.

시간이 지난 뒤 다시 꺼낸 그 꿈은 처음보다 더 견고하고 또렷할 것이다. 단단한 심장을 가진 채 쉽게 흔들리지 않는 꿈. 혹독한 현실의 열기 앞에서도 좀처럼 녹지 않을 그런 꿈.

너는 그 속에서 더욱 단단해져라.
나의 꿈, 나의 미완의 눈사람아.

에필로그,
─우리의 밤으로

잠들지 못한 밤에만 떠오르는 마음들이 있다.

하루가 모두 끝난 뒤에야 고개를 드는 생각들,
말하지 못한 감정들이 조용히 제자리를 찾는 시간.
이 책의 이야기들은 대부분 그런 밤에서 시작되었다.
특별한 사건이 있어서가 아니라,
아무도 부르지 않는 순간에야
마음이 제 소리를 내기 때문이었다.

비슷한 시간을 스친 적이 있다면,
이 글들이 하루를 모두 설명하지는 못하더라도
그 결을 조금 다르게 느끼게 했기를 바란다.
잠시 다녀온 여행지처럼,

돌아와서야 비로소 남는 풍경으로.

여행은 멀어지는 일이 아니라
결국 다시 자신에게 닿는 일이라고 했다.
이 책의 마지막 여정이
돌아오는 길에 가까웠으면 한다.
각자의 밤으로, 각자의 자리로 돌아가면서도
마음 한편에 작은 불씨 하나쯤 남겨두는 일
하루의 정해진 질서 속에서
문득 떠오르는 생각이나 영감들을
사소하게나마 흔적으로 남기는 일.

어둠이 깊어질수록
더 또렷해지는 별빛처럼.
우리의 밤은,
그렇게 다시 시작되고 있다.

내 이름은

지은이　　　　천성호
펴낸이　　　　박진우
브랜드　　　　잔상페이지
편집　　　　　천성호
디자인　　　　김보경

초판 1쇄 인쇄　　2026년 3월 13일
초판 1쇄 발행　　2026년 3월 20일

펴낸곳　　　　오케이프레스
출판신고　　　제 2024-000106호
주소　　　　　10874 경기도 파주시 청석로 272, 10층 1004-455호
E-mail　　　　f83project@gmail.com
Instagram　　@afterimagepage_book
ISBN　　　　979-11-988922-7-0 03810